La bibliothèque Gallimard

Sources des illustrations
Couverture : Photo © Philip Dvorak/Getty Images.
Bridgeman Giraudon : 55, 115. Corbis/Éditions Gallimard : 7. Photothèque René Magritte : 59. RMN : 8, 9, 108, 157.

© ADAGP, Paris 2006 : 59

© Éditions Gallimard, 2006.

Le plaisir de la lecture

Anthologie proposée
et lecture accompagnée par
Lucile Sévin
certifiée de lettres classiques,
professeur au lycée Gaspard Monge
à Nantes

La bibliothèque Gallimard

Florilège

« Va, mon livre, et salue pour moi les lieux aimés ;
pour m'y rendre, je n'ai que le pied de mes vers. » (Ovide, *Les Tristes*)

« Les mots étaient à leur place, les livres racontaient des histoires ; on pouvait suivre ; on pouvait relire, et, relisant, retrouver, magnifiée par la certitude qu'on avait de les retrouver, l'impression qu'on avait d'abord éprouvée : ce plaisir ne s'est jamais tari. » (Georges Perec, *W ou le souvenir d'enfance*)

« Et que je te corne les pages (oh ! quelle blessure, chaque fois, cette vision de la page cornée ! "mais c'est pour savoir où j'en suiiiiiiis !") et que je te pose ma tasse de café sur la couverture, ces auréoles, ces reliefs de tartines, ces taches d'huile solaire... » (Daniel Pennac, *Comme un roman*)

« On n'oublie jamais un livre parlant des forêts quand il est lu dans les branches d'un arbre. Il faudrait faire aussi des livres qu'on pourrait lire sous l'eau quand ils nous parlent de la mer et d'autres, phosphorescents, pour nous raconter chaque nuit les étoiles ! » (Jacques Lacarrière, *Une forêt de signes*)

« Tu vas commencer le nouveau roman d'Italo Calvino, *Si par une nuit d'hiver un voyageur*. Détends-toi. Concentre-toi. Écarte-toi de toute autre pensée. Laisse le monde qui t'entoure s'estomper dans le vague. La porte, il vaut mieux la fermer ; de l'autre côté, la télévision est toujours allumée. » (Italo Calvino, *Si par un nuit d'hiver un voyageur*)

Ouvertures

La lecture chevillée au corps

> En argot, lire se dit *ligot*er.
> En langage figuré, un gros livre est un *pavé*.
> Relâchez ces liens-là, le pavé devient nuage.
>
> Daniel Pennac, *Comme un roman*

> La langue dit d'un lecteur attentif qu'il est «plongé» dans sa lecture.
> Puis qu'il est «absorbé». Elle dit aussi de façon terrible : «se réfugier dans la lecture».
> Plonger dit l'immersion première, et le bain du baptême.
> Absorber signifie manger, éponger, digérer, dominer.
> Se réfugier dit la peur.
>
> Pascal Quignard, *Petits traités*

Cette liste de vocabulaire vous apparaît-elle complète? Que faire de bouquiner, dévorer, feuilleter, parcourir, ânonner, déchiffrer, lisotter, dépouiller, entrelire? Comme à son habitude, la langue française ne manque pas de ressources pour désigner un acte aussi courant que celui de lire. Pourtant, si on analyse davantage les deux citations ci-dessus, on se rend compte que la lecture ne semble pas aussi anodine que cela. Un pavé devenant nuage... La lecture relèverait-elle de la magie? Quelle expérience si radicale – et pourtant si quotidienne – la lecture propose-t-elle alors à l'homme? Cette anthologie veut justement se pencher sur ces questions, afin de comprendre pourquoi on aime lire, quelle quête on poursuit dans la lecture. Selon Pascal Quignard, lire met profondément le corps en action. Le lecteur vit sa lecture au sens propre du terme. C'est un acte fondateur et vital, relevant à la fois du baptême et de la nutrition indispensable au corps. L'homme entretiendrait donc une relation charnelle d'ordre fusionnel avec la lecture…

La critique Yvonne Johannot analyse la manière dont nous parlons des livres :

« On pourrait relever combien le regard que nous portons sur le livre est chargé d'anthropomorphisme. Remarquons les mots mêmes par lesquels nous désignons ses différentes parties : les marges de *tête* et de *pied* indiquent bien ce petit « personnage » debout dans nos bibliothèques, affirmant par là cette position verticale qui est le propre de l'homme. La colonne de texte dont j'ai souligné l'importance symbolique disait bien debout cette pensée qu'on couchait sur la page : la position couchée évoque le repos et la mort ; la station debout au contraire évoque la vie ; et cette pensée qui, ici, vaincra la mort va se dire éminemment vivante. L'axe du livre affirme aussi la verticalité ; parce qu'axe de symétrie, il évoque aussi une colonne vertébrale flanquée, à droite et à gauche, du *corps* du texte, comme un corps humain avec sa bilatéralité. Le *dos* de la couverture du livre le dit clairement, véritable ossature de l'objet que l'on risque de casser en le manipulant sans douceur. Ces redondances expressives me semblent trop nombreuses pour ne pas être signifiantes. »

(*Tourner la page, Livres, rites et symboles*, Éditions J. Millon)

Ainsi, symboliquement, le corps du livre s'apparente à celui de l'être humain, parce que l'un ne pourrait exister sans l'autre. Recueil de toutes les pensées, de toutes les idées, de toutes les imaginations, le livre permet à l'homme de dépasser sa mortalité et de nourrir les générations suivantes de ce qu'il a été. Dans le même temps, le texte ne prend vie qu'au moment de la lecture. Sans cette opération, il ne reste, comme le dit l'écrivain Jean-Paul Sartre, qu'« petit tas de feuilles sèches ».

Ouvertures

Tête de page
Quatrième de couverture
Première de couverture
Dos
Pied de page

Cette couverture dépliée est appelée un « plat de couverture ».

Pour une petite histoire du livre

Le livre n'a pas toujours eu la forme qu'on lui connaît aujourd'hui. Objet technique avant d'être support à des idées, il a évolué en même temps que les connaissances et les modes de vie de ses utilisateurs.

Du *volumen* antique...
Le **volumen** – Au temps des Grecs et des Romains, on utilise d'abord le *volumen*, qui a donné en français le nom *volume* encore utilisé aujourd'hui pour désigner les tomes d'une série de livres. Cela ressemble à une feuille longue et étroite, faite d'un certain nombre de bandes collées ensemble, que l'on roule autour d'un cylindre, quand l'ouvrage est achevé. Pour lire, il suffit alors de dérouler progressivement la longue feuille, un peu comme sur un écran d'ordinateur. À l'époque, la production de ces rouleaux est relativement limitée parce qu'elle coûte cher. C'est avant tout le support lui-même qui constitue un bien rare. Les Latins ne connaissent pas le papier, arrivé en Italie seulement au IVe siècle après J.-C. Le papyrus, inventé par les Égyptiens, s'avère peu maniable et très onéreux. Restent alors les peaux de bêtes traitées, moutons, chèvres ou veaux. Dans tous les cas, étant donné le coût de

production d'un *volumen*, en posséder quelques-uns et, a fortiori, une bibliothèque, constitue un privilège réservé à l'élite de la société. Et aujourd'hui, nous aurions bien du mal à lire ces ouvrages sans ponctuation ni découpage des mots pour perdre le moins d'espace possible sur la page !

Le **codex** – L'apparition du parchemin va tout de même faciliter la tâche des utilisateurs de livres. Ce support présente bien des avantages : on peut écrire sur ses deux faces et ajouter des annotations dans les marges établies sur les côtés des textes. Avec le parchemin, naît alors le *codex*, un assemblage de feuillets sous un format rectangulaire. Si on plie le parchemin une fois, on obtient un *folio*, deux fois, on obtient un *quarto* et, trois fois, un *octavo*. Cette petite révolution technique remporte immédiatement du succès. Le poète latin Martial (Ier siècle ap. J.-C.) trouve même là l'occasion d'en faire une épigramme :

« Homère sur des pages de parchemin !
L'Iliade et toutes les aventures
D'Ulysse, ennemi du royaume de Priam !
Tout cela enfermé dans un morceau de peau
Plié en plusieurs petits feuillets ! »

Cette petite statue grecque du Ier siècle av. J.-C. tient dans sa main droite un volumen.

Le *codex* se révèle très pratique pour ceux qui manipulent souvent les livres, dignitaires, prêtres, voyageurs ou étudiants ; ils peuvent les consulter et les transporter aisément. Ainsi, au début du Ve siècle, le *volumen* est quasiment abandonné.

... au livre d'heures médiéval

Au Moyen Âge, on garde cette forme du *codex* qui, d'un point de vue technique, n'évolue guère. À l'heure du triomphe du christianisme sur l'Europe, l'ouvrage le plus répandu est alors le livre de prière personnelle, appelé aussi livre d'heures. Dans les abbayes, les moines copistes sont chargés de transcrire manuellement les textes qui leur sont demandés. Cette opération, très longue et très coûteuse, ne permet pas une grande diffusion des œuvres – le tirage d'une édition dépasse alors rarement les 250 exemplaires – d'autant que le livre devient un véritable objet artistique. Les copistes rivalisent d'imagination et de raffinement

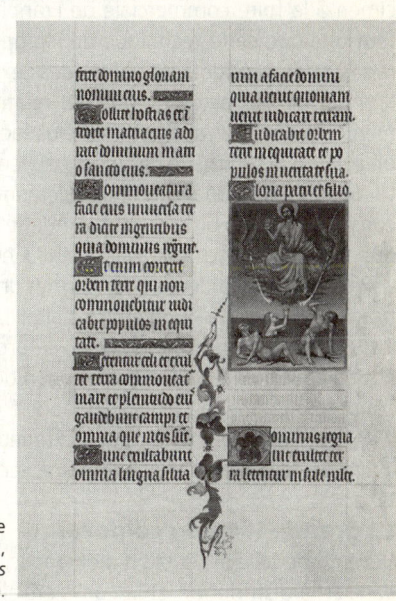

Une page d'un livre d'heures médiéval, *Les Très Riches Heures du duc de Berry* (XVe siècle).

dans l'élaboration des enluminures dorées qui accompagnent les textes. Celles-ci illustrent aussi bien de tout petits volumes, comme le splendide livre d'heures commandé pour les noces d'Anne de Bretagne en 1490 et fabriqué aux dimensions de sa main, que des livres géants, installés sur un lutrin et permettant aux fidèles de suivre les paroles prononcées par le prêtre.

La Renaissance ou la révolution Gutenberg

C'est en Allemagne, dans les années 1440, que la destinée du livre se joue. Dans son atelier de gravure et de joaillerie, Johannes Gutenberg (1396-1468) découpe les lettres de l'alphabet sous forme de caractères réutilisables. Après diverses expériences, il met au point les principes essentiels de l'imprimerie moderne qui seront utilisés jusqu'au XXe siècle. Dix années plus tard, le premier et génial imprimeur fabrique une Bible complète avec des pages de 42 lignes chacune. Il emmène ce spécimen à la foire commerciale de Francfort. Le succès est immédiat. Il faut dire que cette technique de l'imprimerie présente bien des avantages : une production rapide, des textes identiques (plus de risque d'erreur de recopiage) et un coût relativement réduit. La lecture elle-même devient plus aisée et il est plus facile de se repérer dans les livres : on invente le sommaire, les mots peuvent enfin être découpés, la ponctuation et l'accentuation font également leur apparition. Dès 1470, on constate que des presses se répandent dans toute l'Europe. Au milieu du XVIe siècle, un lecteur avait le choix entre plus de huit millions d'ouvrages. La diminution du coût permet une certaine et relative démocratisation du livre. De l'Angleterre à l'Italie, on peut lire les mêmes textes ; les idées (surtout les nouvelles !) se propagent très rapidement d'un bout à l'autre de l'Europe. Sans aucun doute, la Renaissance doit beaucoup à l'imprimerie : le livre, dépouillé de ses luxueuses enluminures, n'apparaît plus comme un signe extérieur de richesse, il permet surtout d'accéder au savoir et symbolise une certaine aristocratie intellectuelle.

La grande idée du colportage

Devant une telle production d'ouvrages, il devient alors nécessaire d'organiser la distribution et la commercialisation. Le système du colportage, sorte de librairie ambulante, se met en place et connaît un succès grandissant au cours des siècles suivants : en France, on dénombre 45 colporteurs en 1611, ils seront environ 3 500 en 1847. Des éditeurs créent des collections de livre de colportage, la plus célèbre étant *La Bibliothèque Bleue*. Cette collection, au papier de mauvaise qualité mais peu coûteux, permet de toucher toutes les couches de la population, notamment celles exclues de l'accès à la culture. On y trouve des almanachs consultables par des illettrés, des manuels de vie pratique et de piété, des recueils de farces et des œuvres de fiction. Celles-ci, le plus souvent, reprennent en les modernisant des romans médiévaux de chevalerie ou des contes, tels ceux de Charles Perrault. À la fin du XIXe siècle, le lecteur dispose de plus de dix millions d'exemplaires de livres ou de brochures de toutes sortes. L'accès à la littérature se trouve ainsi facilité, d'autant que les grands romanciers de cette époque conquièrent un large lectorat grâce aux romans-feuilletons qui paraissent dans les journaux.

Le XXe siècle et la révolution du livre de poche

Mais c'est véritablement au XXe siècle que le livre se démocratise pleinement et change de statut. L'idée vient alors d'Angleterre : pourquoi ne pas diffuser des livres de petit format, peu onéreux et qu'on pourrait acheter dans les grandes surfaces, entre la confiture et les chaussettes ? C'est le pari que se lancent les éditions anglaises Penguin en 1935 en publiant les dix premiers volumes de la collection à 6 pences la pièce. Le format poche est né ; le livre, désacralisé, devient un objet quotidien, au même titre que les autres produits de base de la consommation. Il n'apparaît plus comme un objet de luxe qu'il faut manier avec précaution. Au contraire, pouvant se loger dans la poche, le sac ou le cartable, on peut le sortir pour lire quelques pages en toute occasion : dans les transports en commun, à la plage ou dans une salle d'attente. Avec le livre de poche, les habitudes de lecture changent donc radicalement. Ce format arrive en France en 1953 et obtient un grand succès ; il enregistre aujourd'hui le plus grand nombre de ventes de livres. Son bas prix l'ayant rendu accessible à tous, on le distingue désormais des éditions plus chères.

Le livre de demain pourra-t-il se passer du papier ?

Quel sera le livre de demain ? À l'heure d'internet et du développement des supports numériques, le papier a-t-il du souci à se faire ? Certains envisagent déjà le livre électronique. Le principe est simple : lire sur un petit écran portatif l'œuvre qu'on aura téléchargée et dont on aura choisi la typographie et la mise en page. Ce support présente des avantages puisqu'il permet de stocker en mémoire différents textes ; il laisse également au lecteur la possibilité de « zapper » d'un roman à un autre. Cependant, on peut s'interroger sur la maniabilité et la solidité d'un tel support, qu'il faut à nouveau manipuler avec soin comme les ouvrages anciens. Se pose également la question de son coût, pour l'instant encore trop élevé. Enfin, cette version ultra-moderne du livre rend plus difficile le rapport tactile, sensuel, que le lecteur entretient avec le support papier, d'autant qu'une longue lecture sur un écran s'avère fatigante pour les yeux. Quel avenir alors pour le livre électronique ? Impossible de répondre aujourd'hui à cette question.

L'évolution des pratiques de lecture

Aujourd'hui, la lecture apparaît comme une activité individuelle et silencieuse. Qui s'aviserait de lire à voix haute son texte dans une salle de bibliothèque ? Personne : on risquerait l'exclusion du lieu. Mais si la lecture contemporaine demande l'isolement le plus complet, cela n'a pas toujours été le cas, et un Latin n'aurait rien compris à cette attitude. Les pratiques de la lecture ont évolué en même temps que la forme même du livre.

De la lecture orale et sociale...
Établir un lien entre l'oral et l'écrit – Très tôt, les Grecs se sont rendu compte du rôle fondamental de l'écrit qui permet de retranscrire et de conserver la tradition orale, celle des aèdes qui, de village en village, racontent les exploits des grands héros. Ainsi, ce passage à l'écrit nous laisse encore aujourd'hui cette chance de lire les épopées d'Homère, vieilles de deux mille huit cents ans.

Ouvertures

La naissance de la lecture – C'est au Ve siècle av. J.-C. que le livre se destine à la lecture. Il recouvre alors deux fonctions : une fonction éducative et une fonction divertissante. Dans les deux cas, il ne faut pas imaginer une lecture solitaire ; on la pratique en société, notamment lors de banquets, chez les Grecs comme chez les Romains. Pendant toute l'Antiquité, la lecture à voix haute prévaut et elle constitue une activité réservée aux classes élevées de la société. Pourtant, la situation évolue à Rome. Avec l'époque impériale, l'alphabétisation fait de grands progrès et l'écrit envahit les villes, aussi bien sous forme de graffitis, de prospectus ou de rouleaux. Avec l'ouverture à un plus large public, on voit certains auteurs s'adapter à un nouveau lectorat. Ovide, par exemple, écrit des ouvrages destinés plus particulièrement aux femmes.

... à la lecture silencieuse

Première révolution – C'est au Moyen Âge que la pratique de la lecture change radicalement. Avec la domination du christianisme, la lecture s'enferme dans le secret des églises, des abbayes, des cloîtres ou des réfectoires. Dans ces lieux, on peut assister à la lecture orale des Écritures. Mais en même temps, pour méditer et intégrer en soi la parole de Dieu, on ressent le besoin d'intérioriser la lecture, qui devient progressivement silencieuse. Celle-ci montre rapidement de nombreux avantages : plus rapide et plus efficace, elle instaure un rapport avec l'écrit plus secret, plus intime, plus libre aussi. Le lecteur peut également s'affranchir du lieu, jusqu'alors imposé dans la lecture orale, pour en choisir un autre. On comprend alors que le temps s'écoulant vers la Renaissance et l'humanisme, la lecture devient plus laïque. Les ouvrages, instruments du travail intellectuel avant tout, servent à former l'esprit, la raison, et non plus seulement l'âme.

Deuxième révolution – Avec l'invention de l'imprimerie, plus le livre se diffuse dans les couches de la population, plus il conquiert les espaces privés, du salon à la chambre à coucher. Le rapport au livre devient intime et le lecteur s'oriente vers de nouveaux textes. Avec le roman, au XVIIIe siècle, on assiste à une nouvelle révolution de la lecture initiée par Jean-Jacques Rousseau, Bernardin de Saint-Pierre ou Goethe. Le lecteur – et bien souvent la lectrice – s'identifie tant aux héros qu'il apparaît comme habité par le texte romanesque dans lequel il déchiffre sa propre vie. Lus et relus à satiété, ces livres d'un genre nouveau font émerger la sensibilité du lecteur, qui n'hésite pas à verser des larmes d'émotion.

À vous maintenant de vous « plonger » dans tous ces textes, en espérant qu'ils vous donneront l'envie de mener ensuite vos propres expériences… Bonnes lectures !

Le plaisir de la lecture

CET ÊTRE ÉTRANGE, LE LECTEUR

Sebastian Brant (1458-1521)

La Nef des fous (1494)

(trad. Nicole Taubes, Éditions José Corti)

1. Le fou des livres
Commençons cette anthologie par une caricature. En 1494, l'Allemand Sebastian Brant fait paraître un recueil de poèmes satiriques dénonçant les travers de la société. La première page renvoie le lecteur à sa propre image : un homme portant des lunettes démesurées, dans son cabinet, entouré d'étagères de livres. Voici le fou des livres, le lecteur fou.

Je mène la danse des fous
Car suis bien entouré de livres
Point lus, auxquels je n'entends rien.

Des livres inutiles

Si je suis en proue de la nef
Ce n'est pas sans juste raison
Et salut à qui bien m'entend :
Je m'appuie sur ma librairie
En ma maison j'ai force tomes.
Qu'importe si n'y entends mie[1] :
Je les tiens en très haute estime,
Les époussette, les émouche.
Entendant parler savamment,
Je dis : «j'ai tout cela chez moi».
Il me suffit pour être aux anges
D'avoir autour de moi mes livres.
On dit que Ptolémée[2] avait
Tous les livres du monde entier
Et les tenait pour son trésor
Il les rangeait sur les rayons
Et n'en était pas plus savant.
J'ai autant de livres que lui :
Du diable si jamais je lis !
Qu'irais-je m'altérer l'esprit
M'empêtrer d'amas de savoir ?
L'étude encombre de chimères !
Ne puis-je pas en grand seigneur
Payer, qu'on s'instruise à ma place ?
Et quoique j'aie l'esprit obtus
Lorsque je suis parmi des doctes[3]
Je sais dire en latin : «*Ita*[4] !»

1. Si n'y entends mie : si je n'y comprends rien.
2. Ptolémée : fondateur légendaire de la bibliothèque d'Alexandrie.
3. Les doctes : les savants, les intellectuels.
4. *Ita* : ainsi, oui.

Mais dans le registre allemand
Suis plus à l'aise qu'en latin.
Je sais que vin se dit *vinum*
Cocu *gucklus*, *stultus* crétin,
Me fais appeler «docte sire» :
Je n'ai qu'à cacher mes oreilles
Nul n'y verra l'âne au meunier.

(chapitre 1)

Jean-Paul Sartre (1905-1980)

Les Mots (1964)

(Gallimard, Folio n° 607)

2. Le mystère de la lecture
Dans son autobiographie Les Mots, *Sartre raconte son enfance et la manière dont il découvre petit à petit sa passion pour la lecture.*

Je ne savais pas encore lire mais j'étais assez snob pour exiger d'avoir *mes* livres. Mon grand-père se rendit chez son coquin d'éditeur et se fit donner *Les Contes* du poète Maurice Bouchor, récits tirés du folklore et mis au goût de l'enfance par un homme qui avait gardé, disait-il, des yeux d'enfant. Je voulus commencer sur l'heure les cérémonies d'appropriation. Je pris les deux petits volumes, je les flairai, je les palpai, les ouvris négligemment «à la bonne page» en les faisant craquer. En vain : je n'avais pas le sentiment de les posséder. J'essayai sans plus de succès de les traiter en poupées, de les bercer, de les embrasser, de les battre. Au bord des larmes, je finis par les poser sur les genoux de ma mère. Elle leva les yeux de son ouvrage : « Que veux-tu que je te lise, mon chéri ? Les Fées ? » Je demandais, incrédule : « Les Fées, c'est *là-dedans* ? » Cette histoire m'était familière : ma mère me la racontait souvent, quand elle me débarbouillait, en s'interrompant pour me frictionner à l'eau de Cologne, pour ramasser, sous la baignoire, le savon qui lui avait glissé des mains et j'écoutais distraitement le récit trop connu ; je n'avais d'yeux que pour Anne-Marie, cette jeune fille de tous mes matins ; je n'avais d'oreilles que pour sa voix troublée par la servitude ; je me plaisais à ses phrases inachevées, à ses mots toujours en retard, à sa brusque assurance, vivement défaite et qui se tournait en déroute pour disparaître dans un effilochement mélodieux et se recomposer après un silence. L'histoire, ça venait par-dessus le marché : c'était le lien de ses soliloques. Tout le temps qu'elle parlait nous étions seuls et clandestins, loin des hommes, des dieux et des prêtres, deux biches au bois, avec ces autres biches, les Fées ; je n'arrivais pas à croire qu'on eût composé tout un livre pour y faire figurer cet épisode de notre vie profane qui sentait le savon et l'eau de Cologne.

Anne-Marie me fit asseoir en face d'elle, sur ma petite chaise ; elle se pencha, baissa les paupières, s'endormit. De ce visage de statue sortit une voix de plâtre. Je perdis la tête : qui racontait ? quoi ? et à qui ? Ma mère s'était absentée : pas un sourire, pas un signe de connivence, j'étais en exil. Et puis je ne reconnaissais pas son langage. Où prenait-elle cette assurance ? Au bout d'un instant j'avais compris : c'était le livre qui parlait. Des phrases en sortaient qui me faisaient peur : c'étaient de vrais mille-pattes, elles grouillaient de syllabes et de lettres, étiraient leurs diphtongues[1], faisaient vibrer les doubles consonnes ; chantantes, nasales, coupées de pauses et de soupirs, riches en mots inconnus, elles s'enchantaient d'elles-mêmes et de leurs méandres sans se soucier de moi : quelquefois elles disparaissaient avant que j'eusse pu les comprendre, d'autres fois j'avais compris d'avance et elles continuaient de rouler noblement vers leur fin sans me faire grâce d'une virgule. Assurément, ce discours ne m'était pas destiné. Quant à l'histoire, elle s'était endimanchée : le bûcheron, la bûcheronne et leurs filles, la fée, toutes ces petites gens, nos semblables, avaient pris de la majesté ; on parlait de leurs guenilles avec magnificence, les mots déteignaient sur les choses, transformant les actions en rites et les événements en cérémonies. Quelqu'un se mit à poser des questions : l'éditeur de mon grand-père, spécialisé dans la publication d'ouvrages scolaires, ne perdait aucune occasion d'exercer la jeune intelligence de ses lecteurs. Il me sembla qu'on interrogeait un enfant : à la place du bûcheron, qu'eût-il fait ? Laquelle des deux sœurs préférait-il ? Pourquoi ? Approuvait-il le châtiment de Babette ? Mais cet enfant n'était pas tout à fait moi et j'avais peur de répondre. Je répondis pourtant, ma faible voix se perdit et je me sentis devenir un autre. Anne-Marie, aussi, c'était une autre, avec son air d'aveugle extralucide : il me semblait que j'étais l'enfant de toutes les mères, qu'elle était la mère de tous les enfants. Quand elle cessa de lire, je lui repris vivement les livres et les emportai sous mon bras sans dire merci.

 À la longue je pris plaisir à ce déclic qui m'arrachait de

---

1. Diphtongue : allongement du son voyelle.

moi-même : Maurice Bouchor se penchait sur l'enfance avec la sollicitude[1] universelle qu'ont les chefs de rayon pour les clientes des grands magasins ; cela me flattait. Aux récits improvisés, je vins à préférer les récits préfabriqués ; je devins sensible à la succession rigoureuse des mots : à chaque lecture ils revenaient, toujours les mêmes et dans le même ordre, je les attendais. Dans les contes d'Anne-Marie, les personnages vivaient au petit bonheur, comme elle faisait elle-même : ils acquirent des destins. J'étais à la Messe : j'assistais à l'éternel retour des noms et des événements.

Daniel Pennac (né en 1944)

Comme un roman (1992)

(Gallimard, Folio n° 2724)

3. Le lecteur, un être capable de sévices ?
Dans Comme un roman*, Pennac propose une réflexion sur la lecture et sur la manière dont il faut transmettre ce goût aux générations à venir. Il évoque ici les traitements que nous faisons subir aux livres.*

Peu d'objets éveillent, comme le livre, le sentiment d'absolue propriété. Tombés entre nos mains, les livres deviennent nos esclaves – esclaves, oui, car de matière vivante, mais esclaves que nul ne songerait à affranchir, car de

---

1. Sollicitude : intérêt.

feuilles mortes. Comme tels, ils subissent les pires traitements, fruits des plus folles amours ou d'affreuses fureurs. Et que je te corne les pages (oh! quelle blessure, chaque fois, cette vision de la page cornée! «mais c'est pour savoir où j'en suiiiiiiis!») et que je te pose ma tasse de café sur la couverture, ces auréoles, ces reliefs de tartines, ces taches d'huile solaire... et que je te laisse un peu partout l'empreinte de mon pouce, celui qui bourre ma pipe pendant que je lis... et cette Pléiade séchant piteusement sur le radiateur après être tombée dans ton bain («*ton* bain, ma chérie, mais *mon* Swift!»)... et ces marges griffonnées de commentaires heureusement illisibles, ces paragraphes nimbés de marqueurs *fluorescents*... ce bouquin définitivement infirme pour être resté une semaine entière ouvert sur la tranche, cet autre prétendument protégé par une immonde couverture de plastique transparent à reflets pétroléens... ce lit disparaissant sous une banquise de livres éparpillés comme des oiseaux morts... cette pile de Folio abandonnés à la moisissure du grenier... ces malheureux livres d'enfance que plus personne ne lit, exilés dans une maison de campagne où plus personne ne va... et tous ces autres sur les quais, bradés aux revendeurs d'esclaves...

Tout, nous faisons tout subir aux livres. Mais c'est la façon dont *les autres* les malmènent qui seule nous chagrine...

Il n'y a pas si longtemps, j'ai vu de mes yeux vu une lectrice jeter un énorme roman par la fenêtre d'une voiture roulant à vive allure : c'était de l'avoir payé si cher, sur la foi de critiques si compétents, et d'en être tellement déçue. Le grand-père du romancier Tonino Benacquista, lui, est allé jusqu'à *fumer* Platon! Prisonnier de guerre quelque part en Albanie, un reste de tabac au fond de sa poche, un exemplaire du *Cratyle* (va savoir ce qu'il fichait là?), une allumette... et crac! une nouvelle façon de dialoguer avec Socrate... par signaux de fumée.

Autre effet de la même guerre, plus tragique encore : Alberto Moravia et Elsa Morante, contraints de se réfugier pendant plusieurs mois dans une cabane de berger, n'avaient pu sauver que deux livres *La Bible* et *Les Frères Karamazov*[1]. D'où un affreux dilemme : lequel de ces deux monuments utiliser comme papier hygiénique? Si cruel qu'il soit, un choix est un choix. La mort dans l'âme, ils choisirent.

Non, quelque sacré que soit le discours tressé autour des livres, il n'est pas né celui qui empêchera Pepe Carvalho, le personnage préféré de l'Espagnol Manuel Vásquez Montalbán, d'allumer chaque soir un bon feu avec les pages de ses lectures favorites.

C'est le prix de l'amour, la rançon de l'intimité.

Dès qu'un livre finit entre nos mains, il est *à nous*, exactement comme disent les enfants : «C'est *mon* livre»... partie intégrante de moi-même. C'est sans doute la raison pour laquelle nous rendons si difficilement les livres qu'on nous prête. Pas exactement du vol... (non, non, nous ne sommes pas des voleurs, non...) disons, un glissement de propriété, ou mieux, un transfert de substance : ce qui était à l'autre sous son œil devient mien tandis que mon œil le mange; et, ma foi, si j'ai aimé ce que j'ai lu, j'éprouve quelque difficulté à le «rendre».

Je ne parle là que de la façon dont nous, les particuliers, traitons les livres. Mais les professionnels ne font pas

---

1. *Les Frères Karamazov* est un célèbre roman de Fedor Dostoïevski, romancier russe.

mieux. Et que je te massicote le papier au ras des mots pour que ma collection de poche soit plus rentable (texte sans marge aux lettres rabougries par l'étouffement), et que te je gonfle comme une baudruche ce tout petit roman pour donner à croire au lecteur qu'il en aura pour son argent (texte noyé, aux phrases ahuries par tant de blancheur), et que je te colle des «jaquettes» m'as-tu-vu dont les couleurs et les titres énormes gueulent jusqu'à des cent cinquante mètres : «m'as-tu lu? m'as-tu lu?» Et que je te fabrique des exemplaires «club» en papier spongieux et couverture cartonneuse affublée d'illustrations débilitantes, et que je te prétends fabriquer des éditions «de luxe» sous prétexte que j'enlumine un faux cuir d'une orgie de dorures...

Produit d'une société hyperconsommatrice, le livre est presque aussi choyé qu'un poulet gavé aux hormones et beaucoup moins qu'un missile nucléaire. Le poulet aux hormones à la croissance instantanée n'est d'ailleurs pas une comparaison gratuite si on l'applique à ces millions de bouquins «de circonstance» qui se trouvent écrits en une semaine sous prétexte que, cette semaine-là, la reine a cassé sa pipe ou le président perdu sa place.

Vu sous cet angle, le livre, donc, n'est ni plus ni moins qu'un objet de consommation, et tout aussi éphémère qu'un autre : immédiatement passé au pilon[1] s'il ne «marche pas», il meurt le plus souvent sans avoir été lu.

---

1. Pilon : instrument utilisé pour broyer les livres invendus.

Jean-Jacques Rousseau (1712-1778)
Les Confessions (1782-1789)
(Gallimard, Folio n° 2999)

4. Lecteur précoce
La découverte de la lecture constitue souvent un épisode déterminant dans l'autobiographie d'un écrivain. Laissons ici Rousseau évoquer ce souvenir

Je sentis avant de penser : c'est le sort commun de l'humanité. Je l'éprouvai plus qu'un autre. J'ignore ce que je fis jusqu'à cinq ou six ans ; je ne sais comment j'appris à lire ; je ne me souviens que de mes premières lectures et de leur effet sur moi : c'est le temps d'où je date sans interruption la conscience de moi-même. Ma mère avait laissé des romans. Nous nous mîmes à les lire après souper, mon père et moi. Il n'était question d'abord que de m'exercer à la lecture par des livres amusants ; mais bientôt l'intérêt devint si vif, que nous lisions tour à tour sans relâche, et passions les nuits à cette occupation. Nous ne pouvions jamais quitter qu'à la fin du volume. Quelquefois mon père, entendant le matin les hirondelles, disait tout honteux : « Allons nous coucher ; je suis plus enfant que toi. »

En peu de temps j'acquis, par cette dangereuse méthode, non seulement une extrême facilité à lire et à m'entendre, mais une intelligence unique à mon âge sur les passions. Je n'avais aucune idée des choses, que tous les sentiments m'étaient déjà connus. Je n'avais rien conçu, j'avais tout senti. Ces émotions confuses, que j'éprouvais coup sur coup, n'altéraient point la raison que je n'avais pas encore ;

mais elles m'en formèrent une d'une autre trempe, et me donnèrent de la vie humaine des notions bizarres et romanesques, dont l'expérience et la réflexion n'ont jamais bien pu me guérir.

Les romans finirent avec l'été de 1719. L'hiver suivant, ce fut autre chose. La bibliothèque de ma mère épuisée, on eut recours à la portion de celle de son père qui nous était échue. Heureusement, il s'y trouva de bons livres; et cela ne pouvait guère être autrement, cette bibliothèque ayant été formée par un ministre, à la vérité, et savant même, car c'était la mode alors, mais homme de goût et d'esprit. L'*Histoire de l'Église et de l'Empire*, par Le Sueur; le *Discours* de Bossuet *sur L'Histoire universelle*; les *Hommes illustres*, de Plutarque; l'*Histoire de Venise*, par Nani; les *Métamorphoses* d'Ovide; La Bruyère; les *Mondes*, de Fontenelle; ses *Dialogues des Morts*, et quelques tomes de Molière, furent transportés dans le cabinet de mon père, et je les lui lisais tous les jours, durant son travail. J'y pris un goût rare et peut-être unique à cet âge. Plutarque surtout devint ma lecture favorite. Le plaisir que je prenais à le relire sans cesse me guérit un peu des romans; et je préférai bientôt Agésilas, Brutus, Aristide, à Orondate, Artamène et Juba. De ces intéressantes lectures, des entretiens qu'elles occasionnaient entre mon père et moi, se forma cet esprit libre et républicain, ce caractère indomptable et fier, impatient de joug et de serviude, qui m'a tourmenté tout le temps de ma vie dans les situations les moins propres à lui donner l'essor. Sans cesse occupé de Rome et d'Athènes, vivant pour ainsi dire avec leurs grands hommes, né moi-même citoyen d'une république, et fils d'un père dont l'amour de la patrie était la plus forte passion, je m'en enflammais à son exemple; je me croyais

Grec ou Romain ; je devenais le personnage dont je lisais la vie : le récit des traits de constance et d'intrépidité qui m'avaient frappé me rendait les yeux étincelants et la voix forte. Un jour que je racontais à table l'aventure de Scævola, on fut effrayé de me voir avancer et tenir la main sur un réchaud pour présenter son action.

Nathalie Sarraute (1900-1999)

Enfance (1983)

(Gallimard, Folioplus classiques n°28)

5. Une fascination incomprise : *Rocambole*
Parfois, une lecture joue un rôle fondamental dans la vie d'un être. C'est ici le cas pour Nathalie Sarraute qui, enfant, découvre le personnage de Rocambole.

On a mis dans ma chambre une vieille commode achetée chez un brocanteur, elle est en bois sombre, avec une épaisse plaque de marbre noir, des tiroirs ouverts se dégage une forte odeur de renfermé, de moisi, ils contiennent plusieurs énormes volumes reliés en carton recouvert d'un papier noir à veinules jaunâtres... le marchand a oublié ou peut-être négligé de les retirer... c'est un roman de Ponson du Terrail, *Rocambole*.

Tous les sarcasmes de mon père... « C'est de la camelote, ce n'est pas un écrivain, il a écrit... je n'en ai, quant à moi, jamais lu une ligne... mais il paraît qu'il a écrit des phrases grotesques... "Elle avait les mains froides comme celles d'un serpent..." c'est un farceur, il se moquait de ses personnages, il les confondait, les oubliait, il était obligé pour se les rappeler de les représenter par des poupées qu'il enfermait dans ses placards, il les en sortait à tort et à travers, celui qu'il avait fait mourir, quelques chapitres plus loin revient bien vivant... tu ne vas tout de même pas perdre ton temps... » Rien n'y fait... dès que j'ai un moment libre je me dépêche de retrouver ces grandes pages gondolées, comme encore un peu humides, parsemées de taches verdâtres, d'où émane quelque chose d'intime, de secret... une douceur qui ressemble un peu à celle qui plus tard m'enveloppait dans une maison de province, vétuste, mal aérée, où il y avait partout des petits escaliers, des portes dérobées, des passages, des recoins sombres...

Voici enfin le moment attendu où je peux étaler le volume sur mon lit, l'ouvrir à l'endroit où j'ai été forcée d'abandonner... je m'y jette, je tombe... impossible de me laisser arrêter, retenir par les mots, par leur sens, leur aspect, par le déroulement des phrases, un courant invisible m'entraîne avec ceux à qui de tout mon être imparfait mais avide de perfection je suis attachée, à eux qui sont la bonté, la beauté, la grâce, la noblesse, la pureté, le courage mêmes... je dois avec eux affronter des désastres, courir d'atroces dangers, lutter au bord de précipices, recevoir dans le dos des coups de poignard, être séquestrée, maltraitée par d'affreuses mégères, menacée d'être perdue à jamais... et chaque fois, quand nous sommes tout au bout de ce que je peux endurer, quand il n'y a plus le moindre espoir, plus la plus légère possibilité, la plus fragile vraisemblance... cela nous arrive... un courage insensé, la noblesse, l'intelligence parviennent juste à temps à nous sauver...

C'est un moment de bonheur intense... toujours très

bref… bientôt les transes, les affres me reprennent… évidemment les plus valeureux, les plus beaux, les plus purs ont jusqu'ici eu la vie sauve… jusqu'à présent… mais comment ne pas craindre que cette fois… il est arrivé à des êtres à peine moins parfaits… si, tout de même, ils l'étaient moins, et ils étaient moins séduisants, j'y étais moins attachée, mais j'espérais que pour eux aussi, ils le méritaient, se produirait au dernier moment… eh bien non, ils étaient, et avec eux une part arrachée à moi-même, précipités du haut des falaises, broyés, noyés, mortellement blessés… car le Mal est là, partout, toujours prêt à frapper… Il est aussi fort que le Bien, il est à tout moment sur le point de vaincre… et cette fois tout est perdu, tout ce qu'il peut y avoir sur terre de plus noble, de plus beau… le Mal s'est installé solidement, il n'a négligé aucune précaution, il n'a plus rien à craindre, il savoure à l'avance son triomphe, il prend son temps… et c'est à ce moment-là qu'il faut répondre à des voix d'un autre monde… «Mais on t'appelle, c'est servi, tu n'entends pas?» … il faut aller au milieu de ces gens petits, raisonnables, prudents, rien ne leur arrive, que peut-il arriver là où ils vivent… là tout est si étriqué, mesquin, parcimonieux… alors que chez nous là-bas, on voit à chaque instant des palais, des hôtels, des meubles, des objets, des jardins, des équipages de toute beauté, comme on n'en voit jamais ici, des flots de pièces d'or, des rivières de diamants… «Qu'est-ce qu'il arrive à Natacha?» j'entends une amie venue dîner poser tout bas cette question à mon père… mon air absent, hagard, peut-être dédaigneux a dû la frapper… et mon père lui chuchote à l'oreille… «Elle est plongée dans *Rocambole*!» L'amie hoche la tête d'un air qui signifie : «Ah, je comprends…»

Mais qu'est-ce qu'ils peuvent comprendre…

Georges Perec (1936-1982)
W ou le souvenir d'enfance (1975)
(Éditions Denoël)

6. Le plaisir de la relecture
Georges Perec évoque l'un de ses livres préférés et le plaisir qu'il retrouve à chaque nouvelle lecture.

Le troisième livre était *Vingt ans après*[1], dont mon souvenir exagère à l'excès l'impression qu'il me fit, peut-être parce que c'est le seul de ces trois livres que j'ai relu depuis et qu'il m'arrive encore aujourd'hui de relire : il me semble que je connaissais ce livre par cœur et que j'en avais assimilé tellement de détails que le relire consistait seulement à vérifier qu'ils étaient bien à leur place : les coins de vermeil de la table de Mazarin, la lettre de Porthos restée depuis quinze ans dans la poche d'un vieux justaucorps de d'Artagnan, la tétragone[2] d'Aramis en son couvent, la trousse à outils de Grimaud grâce à laquelle on découvre que les tonneaux ne sont pas pleins de bière mais de poudre, le papier d'Arménie que d'Artagnan fait brûler dans l'oreille de son cheval, la manière dont Porthos, qui a encore un bon poignet (gros, je crois bien, comme une côtelette de mouton), transforme des pincettes de cheminée en tire-bouchon, le livre d'images que regarde le jeune Louis XIV lorsque d'Artagnan vient le chercher pour lui faire quitter Paris, Planchet réfugié chez la logeuse de

---

1. *Vingt ans après* est un roman d'Alexandre Dumas (1845), suite des *Trois Mousquetaires*.
2. Tétragone : plante potagère appelée également épinard d'été.

d'Artagnan et parlant flamand pour faire croire qu'il est son frère, le paysan charriant du bois et indiquant à d'Artagnan, dans un français impeccable, la direction du château de La Fère, l'inflexible haine de Mordaunt demandant à Cromwell le droit de remplacer le bourreau enlevé par les Mousquetaires, et cent autres épisodes, pans entiers de l'histoire ou simples tournures de phrase dont il me semble, non seulement que je les ai toujours connus, mais plus encore, à la limite, qu'ils m'ont presque servi d'histoire : source d'une mémoire inépuisable, d'un ressassement, d'une certitude : les mots étaient à leur place, les livres racontaient des histoires ; on pouvait suivre ; on pouvait relire, et, relisant, retrouver, magnifiée par la certitude qu'on avait de les retrouver, l'impression qu'on avait d'abord éprouvée : ce plaisir ne s'est jamais tari, je lis peu, mais je relis sans cesse, Flaubert et Jules Verne, Roussel et Kafka, Leiris et Queneau ; je relis les livres que j'aime et j'aime les livres que je relis, et chaque fois avec la même jouissance, que je relise vingt pages, trois chapitres ou le livre entier : celle d'une complicité, d'une connivence, ou plus encore, au-delà, celle d'une parenté enfin retrouvée.

Pascal Quignard (né en 1948)

Petits traités I (1997)

(Gallimard, Folio n° 2976)

7. Quelle est cette petite voix intérieure qui accompagne le lecteur?

Dans ses Petits traités, *Pascal Quignard en consacre quelques-uns à la lecture, et notamment à l'effet qu'elle produit sur le corps et sur l'esprit.*

Au cours de la lecture, on dit qu'une voix silencieuse, parfois, se fait jour. À l'évidence, elle ne naît pas du livre. Mais le corps ne l'articule pas. Elle épouse le rythme de la syntaxe et sans qu'elle fasse sonner les mots elle mobilise pourtant la gorge, le souffle, les lèvres. Il semble que tout le corps, pourtant immobile, s'est mis à suivre une certaine cadence, qu'il ne gouverne pas, mais que le livre lui impose : la langue résonne en silence dans les marques syntaxiques, le corps halète un peu, et c'est un très lointain fredon[1].

On le dit.

«On le dit», cela veut dire : ce sont des choses qu'on entend. Mais personne n'entend les livres.

S'il est vrai que la ponctuation d'un livre est plus affaire de syntaxe que de souffle, il reste que parfois pareille voix fictive parcourt effectivement le corps. Même, quand le livre est très beau, elle fait penser que la lecture n'est pas si loin de l'audition, ni le silence du livre tout à fait éloigné

---

1. Fredon : chant doux à bouche fermée.

d'une «musique extrême» – encore qu'il faille affirmer aussitôt qu'elle est imperceptible.

Aussi entend-on parler de la ponctuation comme d'une sorte de cadence ou, plutôt, de «mouvement d'exécution». Ce n'est pas un air, une mélodie : mais un rythme, qui est abstrait, qui chiffre la promptitude ou la lenteur, solfiant[1] les groupes des mots, décidant des valeurs. [...]

Ainsi une navette étrange va-t-elle du corps du lecteur au livre qu'il tient ouvert. Elle tisse un réseau invisible, elle met en branle une libration[2] obscure et, provoquant à une étrange métamorphose, elle donne l'essor à une hallucination qui est éprouvée comme physique. Elle offre ainsi l'exemple d'une incontestable «locomotion du corps immobile» encore que, si on considère le lecteur d'un livre, qu'il prétend pour «palpitant», il faille concéder que ce qu'il tient dans ses mains n'émet pas des signes très caractéristiques des créatures vivantes, et que lui-même, assis dans son fauteuil, piaffe peu, et ne s'essouffle pas. Il me faut alors reconnaître le caractère inadéquat, ou trop imagé, des expressions dont j'use.

Pourtant, en affirmant que le petit paquet de papiers morts, qu'est un livre, peut, par sa seule disposition typographique, ébranler le vivant et dédoubler son souffle en cette sorte de fantôme, de voix fantôme, je m'efforce de décrire le très curieux effet qu'exerce sur moi le *Livre des lumières*, qui parut chez Simeon Piget, à Paris, en 1644, et dû à Jean Gaulmin. À chaque fois que je me saisis de lui, mon espoir est musical, c'est la cadence d'une langue que j'y cherche, et à chaque fois, comme la voix muette, disparue, s'élève sans qu'elle rompe le silence qui l'abrite, sou-

---

1. Solfiant : lire un morceau de musique en nommant les notes.
2. Libration : balancement.

dain elle dresse, à mes côtés, dans l'air, l'ombre du corps de Jean de La Fontaine.

Longtemps, à des reprises diverses, il lut ce livre. Il y emprunta sans compter, adaptant de longs contes, transformant parties ou tout, relevant tel trait, amplifiant tel tour, extrayant telle intrigue seconde. Mais loin de s'absorber dans l'habile enchevêtrement des fictions qui le composent, il céda moins à l'attrait des aventures rapportées qu'aux pouvoirs exercés par les rythmes successifs des phrases.

(VIIIe traité)

Marcel Proust (1871-1922)
Pastiches et mélanges (1919)
(Gallimard, L'Imaginaire n°285)

8. La joie des journées de lecture
Dans ce texte, Proust évoque le plaisir qu'il avait à lire des journées entières, coupé du monde : « Il n'y a peut-être pas de jours de notre enfance que nous ayons si pleinement vécus que ceux que nous avons cru laisser sans les vivre, ceux que nous avons passés avec un livre préféré. »

Qui ne se souvient comme moi de ces lectures faites au temps des vacances, qu'on allait cacher successivement dans toutes celles des heures du jour qui étaient assez paisibles et assez inviolables pour pouvoir leur donner asile. Le matin, en rentrant du parc, quand tout le monde était

LE PLAISIR DE LA LECTURE

parti faire une promenade, je me glissais dans la salle à manger, où, jusqu'à l'heure encore lointaine du déjeuner, personne n'entrerait que la vieille Félicie relativement silencieuse, et où je n'aurais pour compagnons, très respectueux de la lecture, que les assiettes peintes accrochées au mur, le calendrier dont la feuille de la veille avait été fraîchement arrachée, la pendule et le feu qui parlent sans demander qu'on leur réponde et dont les doux propos vides de sens ne viennent pas, comme les paroles des hommes, en substituer un différent à celui des mots que vous lisez. Je m'installais sur une chaise, près du petit feu de bois dont, pendant le déjeuner, l'oncle matinal et jardinier dirait : « Il ne fait pas de mal ! On supporte très bien un peu de feu ; je vous assure qu'à six heures il faisait joliment froid dans le potager. Et dire que c'est dans huit jours Pâques ! » Avant le déjeuner qui, hélas ! mettrait fin à la lecture, on avait encore deux grandes heures. De temps en temps, on entendait le bruit de la pompe d'où l'eau allait découler et qui vous faisait lever les yeux vers elle et la regarder à travers la fenêtre fermée, là, tout près, dans l'unique allée du jardinet qui bordait de briques et de faïences en demi-lunes ses plates-bandes de pensées : des pensées cueillies, semblait-il, dans ces ciels trop beaux, ces ciels versicolores[1] et comme reflétés des vitraux de l'église qu'on voyait parfois entre les toits du village, ciels tristes qui apparaissaient avant les orages, ou après, trop tard, quand la journée allait finir. Malheureusement la cuisinière venait longtemps d'avance mettre le couvert ; si encore elle l'avait mis sans parler ! Mais elle croyait devoir dire : « Vous n'êtes pas bien comme cela ; si je vous approchais

---

1. Versicolore : qui change de couleur.

une table ? » Et rien que pour répondre : « Non, merci bien », il fallait arrêter net et ramener de loin sa voix qui, en dedans des lèvres, répétait sans bruit, en courant, tous les mots que les yeux avaient lus ; il fallait l'arrêter, la faire sortir, et, pour dire convenablement : « Non, merci bien », lui donner une apparence de vie ordinaire, une intonation de réponse, qu'elle avait perdues. L'heure passait ; souvent, longtemps avant le déjeuner, commençaient à arriver dans la salle à manger ceux qui, étant fatigués, avaient abrégé la promenade, avaient « pris par Méréglise », ou ceux qui n'étaient pas sortis ce matin-là, ayant « à écrire ». Ils disaient bien : « Je ne veux pas te déranger », mais commençaient aussitôt à s'approcher du feu, à consulter l'heure, à déclarer que le déjeuner ne serait pas mal accueilli. On entourait d'une particulière déférence celui ou celle qui était « restée à écrire » et on lui disait : « Vous avez fait votre petite correspondance » avec un sourire où il y avait du respect, du mystère, de la paillardise et des ménagements, comme si cette « petite correspondance » avait été à la fois un secret d'État, une prérogative[1], une bonne fortune et une indisposition. Quelques-uns, sans plus attendre, s'asseyaient d'avance à table, à leurs places. Cela, c'était la désolation, car ce serait d'un mauvais exemple pour les autres arrivants, allait faire croire qu'il était déjà midi, et prononcer trop tôt à mes parents la parole fatale : « Allons, ferme ton livre, on va déjeuner. »

(« Journées de lecture »)

---

1. Prérogative : avantage dû à une haute fonction administrative.

Jules Vallès (1832-1885)

L'Enfant (1881)

(Gallimard, Folioplus classiques n° 12)

9. La lecture ou la grande évasion

Jules Vallès met ici en scène le pouvoir d'évasion de la lecture. Le héros, Jacques Vingtras, a été puni par un surveillant et enfermé dans une salle de classe pour la journée.

Il m'a mis aux arrêts ; – il m'a enfermé lui-même dans une étude vide, a tourné la clef, et me voilà seul entre les murailles sales, devant une carte de géographie qui a la jaunisse, et un grand tableau noir où il y a des ronds blancs et la binette[1] du censeur.

Je vais d'un pupitre à l'autre ; ils sont vides – on doit nettoyer la place, et les élèves ont déménagé.

Rien, une règle, des plumes rouillées, un bout de ficelle, un petit jeu de dames, le cadavre d'un lézard, une agate[2] perdue.

Dans une fente, un livre : j'en vois le dos, je m'écorche les ongles à essayer de le retirer. Enfin, avec l'aide de la règle, en cassant un pupitre, j'y arrive ; je tiens le volume et je regarde le titre :

ROBINSON CRUSOÉ.

Il est nuit.

Je m'en aperçois tout d'un coup. Combien y a-t-il de temps que je suis dans ce livre ? – quelle heure est-il ?

---

1. La binette : le portrait.
2. Une agate : une bille.

Je ne sais pas, mais voyons si je puis lire encore! Je frotte mes yeux, je *tends* mon regard, les lettres s'effacent, les lignes se mêlent, je saisis encore le coin d'un mot, puis plus rien.

J'ai le cou brisé, la nuque qui me fait mal, la poitrine creuse; je suis resté penché sur les chapitres sans lever la tête, sans entendre rien, dévoré par la curiosité, collé aux flancs de Robinson, pris d'une émotion immense, remué jusqu'au fond de la cervelle et jusqu'au fond du cœur; et en ce moment où la lune montre là-bas un bout de corne, je fais passer dans le ciel tous les oiseaux de l'île, et je vois se profiler la tête longue d'un peuplier comme le mât du navire de Crusoé! Je peuple l'espace vide de mes pensées, tout comme il peuplait l'horizon de ses craintes; debout contre cette fenêtre, je rêve à l'éternelle solitude et je me demande où je ferai pousser du pain.

La faim me vient : j'ai très faim.

Vais-je être réduit à manger ces rats que j'entends dans la cale de l'étude? Comment faire du feu? J'ai soif aussi. Pas de bananes! Ah! lui, il avait des limons frais! Justement j'adore la limonade!

Clic, clac! on farfouille dans la serrure.

Est-ce Vendredi? Sont-ce des sauvages?

C'est le petit pion qui s'est souvenu, en se levant, qu'il m'avait *oublié*, et qui vient voir si j'ai été dévoré par les rats, ou si c'est moi qui les ai mangés.

Annie François
Bouquiner (2000)
(Éditions du Seuil)

10. Pathologie générale du lecteur
Annie François est éditrice. Autant dire qu'elle passe une grande partie de son temps à lire... Dans Bouquiner, *elle évoque avec humour les déboires de la vie de lecteur.*

Le seul fait de se coltiner ses livres peut transformer le lecteur en docker pour peu qu'il soit en train de finir *Le Voyage en Orient* dans Bouquins[1], prêt à entamer le *Dictionnaire raisonné de la politesse et du savoir-vivre* d'Alain Montandon et qu'il ait cédé au plaisir d'acheter *La Régente* de Clarin. Bref, avec trois kilos au bas mot suspendus à l'épaule ou ballottant dans le sac à dos, il se fusille les vertèbres de l'axis au coccyx, se scoliose en moins de deux. Sans compter l'arthrose cervicale qui guette tout lecteur penché sur son ouvrage. Et les cals râpeux, les dermatoses de contact qui s'incrustent dans les coudes trop souvent plantés dans la table.

Non seulement lire n'est pas sans risque, mais c'est une passion invalidante. Elle rend dur de la feuille («Quand tu auras fini de lire, ça ne t'ennuierait pas trop d'aller acheter une salade? – ... ») Seuls les furieux sifflements de la cocotte-minute arrivent à tirer le lecteur de sa surdité élective. Les carottes peuvent brûler, il ne sent rien (syndrome d'anosmie[2] temporaire).

---

1. Bouquins : la collection Bouquins, aux Éditions Robert Laffont.
2. Anosmie : perte de l'odorat.

CET ÊTRE ÉTRANGE, LE LECTEUR

La lecture rend insomniaque. Le lecteur rate délibérément le «train du sommeil» (qui ne passe que toutes les deux heures) plutôt que d'abandonner son chapitre. Assis sur la cuvette des cabinets ou le bidet pour ne pas déranger son conjoint (personnellement, j'ai installé un fauteuil dans la salle de bains), il oublie le temps et laisse filer la nuit, volant de page en page. Il prétendra toujours que, victime d'une insomnie, il a lu jusqu'à l'aube et n'admettra jamais que la lecture lui a fait perdre le sommeil.

Le lecteur est capable de se crever les yeux à la lumière mourante d'une lampe de poche, d'un réverbère, d'un néon clignotant, d'une veilleuse de voiture, d'une bougie. Il binocle souvent jeune.

Le lecteur est émotif. Il passe du rire aux larmes. J'ai dû me dissimuler derrière *Un petit tour dans l'Hindou Kouch* d'Eric Newby pour cacher ma tonitruante hilarité (et faire accessoirement connaître à mes voisins le titre de cette merveille). Je pleure de chagrin sans vergogne; quand le héros meurt, mon cœur lui aussi cesse de battre.

Le lecteur est versatile[1], il enchaîne le classique au polar, la sociologie au livre de voyage, le récit historique au livre de cuisine, le recueil de correspondance à la saga. Dans la semaine du 30 septembre 1996, j'ai ainsi lu *Beowulf*, *L'Homme aux cercles bleus* de Vargas, *L'Échappée belle* de Bouvier, *Le Gardien du verger* de Cormac McCarthy, les *Lettres d'Égypte* de lady Duff-Gordon.

---

1. Versatile : inconstant.

Jacques Lacarrière (1925-2005)

Une forêt de signes (2001)

(dans *Histoires de lecture*, opération
Lire en fête, ministère de la Culture)

11. Une forêt de signes
Lire dans les arbres est un plaisir qu'un enfant ne peut refuser. Pourtant, cela semble beaucoup moins anodin qu'il n'y paraît.

Une forêt africaine aux arbres gigantesques avec des frondaisons épaisses et oppressantes. Forêt apparemment inhabitée. Pas la moindre trace de chemins sur le sol mais un fouillis de plantes au pied des troncs et, tout en haut, masquant entièrement le ciel, un dense réseau de lianes enchevêtrées. C'est cette forêt qu'à peine adolescent je n'ai cessé de parcourir, de traverser dans les pages du premier livre qui m'ait vraiment marqué, *Le Village aérien*, de Jules Verne. […]

Ce livre, je me souviens l'avoir découvert et lu tout un été dans les branches du tilleul de mon jardin d'enfance. Ce fut ma première lecture assidue et ma première leçon de vie arboricole. Est-ce pour cela que, bien des années plus tard, je me suis passionné pour ces saints orientaux qu'on surnommait dendrites et qui faisaient vœu de vivre dans les arbres sans jamais mettre un pied sur le sol ? Ils sont totalement ignorés – comme les mystérieux villageois aériens de Jules Verne – et seul un petit nombre d'historiens s'est intéressé à leur vie. Des dendrites ! De toute évidence, l'homme n'est devenu vraiment homme, vraiment *erectus* et *sapiens*, qu'en quittant à jamais les branches et à l'abri des arbres ancestraux, mais ces dendrites, prenant à rebours le chemin évolutif – dont, bien sûr, ils n'avaient nulle idée –, retrouvaient l'existence arboricole. De tout cela, comment, tant d'années plus tard, me serais-je soucié sans ce livre et mes lectures dans le tilleul ?

Un livre peut être lui aussi une forêt de signes. Mais une forêt non tropicale, une forêt domestiquée, aménagée, un parc de loisirs, un éden à portée des lèvres et des yeux. Ne dit-on pas d'ailleurs, quand on parcourt un livre, ne dit-on pas qu'on le feuillette ? Les livres auraient donc des feuilles, comme les arbres ! *Le Village aérien* fut mon premier livre de voyage dont les pages s'imprimèrent durablement en moi. Oui, s'imprimèrent et s'impriment toujours. On n'oublie jamais un livre parlant des forêts quand il est lu dans les branches d'un arbre. Il faudrait faire aussi des livres qu'on pourrait lire sous l'eau quand ils nous parlent de la mer et d'autres, phosphorescents, pour nous raconter chaque nuit les étoiles ! Mais je rêve. Gutenberg en personne n'eût jamais pu imaginer cela. Croyez-en pourtant ma modeste expérience, qui est d'ailleurs à la portée de tous : lire assis dans un arbre. Vous y éprouverez des joies subtiles et inattendues, inespérées peut-être. Dans un arbre, on n'est jamais seul. Surtout par temps d'orage. Voilà ce que je dois à ce livre, à l'aérien village décrit par Jules Verne. D'avoir appris que la vie se feuillette, elle aussi, chemin après chemin, année après année, saison près saison. Jusqu'au jour où l'on entend, venue d'un ciel masqué ou invisible, la voix des anges feuilletant le grand livre du Temps.

Stendhal (1783-1842)
Vie de Henry Brulard (1835-1836)
(Gallimard, Folio n° 447)

12. Quand la lecture permet d'oublier la tristesse de la vie

Stendhal raconte sa découverte de Don Quichotte *qui lui permet de connaître à nouveau la gaieté après le décès de sa mère.*

J'étais donc fort sournois, fort méchant, lorsque dans la belle bibliothèque de Claix je fis la découverte d'un *Don Quichotte* français. Ce livre avait des estampes[1] mais il avait l'air vieux et j'abhorrais[2] tout ce qui était vieux, car mes parents m'empêchaient de voir les jeunes et ils me semblaient extrêmement vieux. Mais enfin je pus comprendre les estampes qui me semblaient plaisantes : Sancho Pança monté sur son bât[3] lequel est soutenu par quatre piquets, Ginès de Passamont a enlevé l'âne.

Don Quichotte me fit mourir de rire[4]. Qu'on daigne réfléchir que depuis la mort de ma pauvre mère je n'avais pas ri, j'étais victime de l'éducation aristocratique et religieuse la plus suivie. Mes tyrans ne s'étaient pas démentis un moment. On refusait toute invitation. Je surprenais souvent les discussions dans lesquelles mon grand-père était

---

1. Estampes : illustrations.
2. J'abhorrais : je détestais.
3. Bât : dispositif harnaché sur le dos des bêtes de somme pour transporter leur charge.
4. Vous trouverez deux extraits de *Don Quichotte* dans la troisième partie de cette anthologie.

d'avis qu'on me permît d'accepter. Ma tante Séraphie faisait opposition en termes injurieux pour moi, mon père qui lui était soumis faisait à son beau-père des réponses jésuitiques[1] que je savais bien n'engager à rien. Ma tante Élisabeth haussait les épaules. Quand un projet de promenade avait résisté à une telle discussion, mon père faisait intervenir l'abbé Raillane[2] pour un devoir dont je ne m'étais pas acquitté la veille et qu'il fallait faire précisément au moment de la promenade.

Qu'on juge de l'effet de *Don Quichotte* au milieu d'une si horrible tristesse ! La découverte de ce livre, lu sous le second tilleul de l'allée du côté du parterre dont le terrain s'enfonçait d'un pied, et là je m'asseyais, est peut-être la plus grande époque de ma vie.

Qui le croirait ? mon père, me voyant pouffer de rire, venait me gronder, me menaçait de me retirer le livre, ce qu'il fit plusieurs fois, et m'emmenait dans ses champs pour m'expliquer ses projets de *réparations* (bonifications, amendements).

Troublé même dans la lecture de *Don Quichotte*, je me cachais dans les charmilles, petite salle de verdure à l'extrémité orientale du *clos* (petit parc), enceinte de murs.

---

1. Jésuitiques : hypocrites.
2. Cet abbé est le précepteur de l'enfant.

George Steiner (né en 1929)

Langage et silence (1969)

(Éditions du Seuil)

13. La lecture comme révélation de la profondeur de son être

George Steiner propose dans ce texte une définition de la véritable lecture, qui dépasse le simple fait de déchiffrer des caractères.

Chaque fois qu'elle dépasse la rêverie, ou cet appétit sans conviction, fils de l'ennui, la lecture est une forme d'action. Nous mobilisons la voix, l'être entier de l'œuvre. En revanche, nous la laissons pénétrer en nous, non sans réticences d'ailleurs. Le grand poème, le roman classique s'imposent à nous, prennent d'assaut et occupent les places fortes de notre conscience. Ils maltraitent d'étrange façon notre imagination et nos désirs, nos ambitions et nos rêves les plus secrets. Ceux qui brûlent les livres savent bien ce qu'ils font, car l'artiste détient un pouvoir incontrôlable : depuis Van Gogh, aucun œil occidental n'a contemplé un cyprès sans y distinguer la naissance d'une flamme. Il en est de même, à un degré plus parfait, avec la littérature. […]

Il faut être prêt à prendre de grands risques pour bien lire. Prêt à sacrifier son moi, le contrôle qu'on a sur lui. Selon Dostoïevski, un rêve caractéristique accompagne les premières manifestations de l'épilepsie : le sujet se sent emporté et libéré de son propre corps ; regardant en arrière, il s'aperçoit, et est alors saisi de terreur panique : un autre est en train de s'emparer de la vieille carcasse et c'est une démarche irréversible. Harcelé par cette peur, l'esprit, à tâtons, cherche le salut dans un réveil brutal. Il devrait en être ainsi quand nous entreprenons la lecture d'une grande œuvre littéraire ou philosophique, imaginaire ou militante. Nous devrions nous laisser dominer totalement, jusqu'à errer, pour un temps, effarés de nous-mêmes, aux frontières du dédoublement partiel. Quiconque a lu *La Métamorphose* de Kafka et peut se regarder dans un miroir sans broncher sait sans doute «lire», au sens technique du terme, mais demeure analphabète.

Richard Wright (1908-1960)

Black Boy (1945)

(trad. Marcel Duhamel, en collaboration avec
Andrée R. Picard, Gallimard, Folio n°965)

14. Quand la lecture permet de s'ouvrir au monde

Black Boy *raconte la jeunesse de Richard Wright, pendant la période de la ségrégation raciale aux États-Unis. Après bien des difficultés, le héros a enfin trouvé du travail. Son patron, un Blanc, lui permet d'emprunter des livres à la bibliothèque, alors interdite aux Noirs.*

Ce soir-là, dans ma chambre meublée, tout en faisant couler l'eau chaude sur ma boîte de porc aux haricots dans l'évier, j'ouvris le *Livre de préfaces*[1] et commençai à le

---

1. L'auteur de ce livre est H. L. Mencken, né à Baltimore (1880-1956) : il fut journaliste et écrivit de nombreux récits et essais.

lire. Je fus immédiatement frappé et choqué par le style, par les phrases nettes, claires, tranchantes. Pourquoi écrivait-il ainsi? Et comment arrivait-on à écrire ainsi? Je me représentais l'homme comme un démon enragé, se servant de sa plume comme d'un fouet, dévoré par la haine, attaquant tout ce qui était américain, exaltant tout ce qui était européen ou allemand, raillant la faiblesse des gens, défiant Dieu, l'autorité. Qu'est-ce que cela signifiait? Je me levai, m'efforçant de discerner quelle réalité se cachait derrière les mots... Oui, cet homme luttait, combattait avec des mots. Il employait des mots pour armes, il s'en servait comme d'une matraque. Les mots pouvaient-ils donc devenir des armes? Oui, bien sûr, puisque tel était le cas. Mais alors, peut-être pourrais-je moi aussi les utiliser comme des armes? Non, cette seule idée m'effrayait. Je poursuivis ma lecture et ce qui me stupéfia ce fut, non pas ce qu'il disait, mais le fait que quelqu'un eût assez de courage pour le dire.

De temps à autre je levais les yeux pour m'assurer que j'étais bien seul dans la chambre. Qui étaient les hommes dont Mencken parlait avec tant de passion? Qui était Anatole France? Joseph Conrad? Sinclair Lewis? Sherwood Anderson, Dostoïevski, George Moore, Gustave Flaubert, Maupassant, Tolstoï, Frank Harris, Mark Twain, Thomas Hardy, Arnold Bennett, Stephen Crane, Zola, Norris, Gorki, Bergson, Ibsen, Balzac, Bernard Shaw, Dumas, Poe, Thomas Mann, O. Henry, Dreiser, H. G. Wells, Gogol, T. S. Eliot, Gide, Baudelaire, Edgar Lee Masters, Stendhal, Tourgueniev, Huncker, Nietzsche, et des douzaines d'autres? Ces hommes étaient-ils réels? Existaient-ils ou avaient-ils existé? Et comment prononçait-on leurs noms?

Je tombai sur beaucoup de mots dont je ne connaissais

pas le sens, et je les cherchais dans le dictionnaire, à moins que je ne rencontre le mot dans un contexte qui m'en rendait le sens intelligible. Mais quel étrange univers était-ce là ? Je terminai le livre avec la conviction que j'avais négligé quelque chose de terriblement important dans ma vie. J'avais un jour essayé d'écrire, je m'étais un jour abandonné à mes sentiments, j'avais laissé errer mon imagination primitive, mais la vie avait refoulé en moi tout élan vers le rêve. Mais voici qu'ils surgissaient de nouveau ; j'avais soif de livres, de nouvelles façons de voir et de concevoir. L'important n'était pas de croire ou de ne pas croire à mes lectures, mais de ressentir du neuf, d'être affecté par quelque chose qui transformât l'aspect du monde.

À la pointe du jour, je mangeai mon porc et mes haricots ; je me sentais hébété, somnolent. Je me rendis à mon travail, mais l'influence du livre ne s'effaçait pas ; elle persistait et colorait tout ce que je voyais, faisais ou entendais. J'avais l'impression que maintenant je connaissais les sentiments des Blancs. Pour avoir simplement lu un livre qui décrivait leur façon de vivre et de penser, je m'identifiais avec ce livre. Je me sentais vaguement coupable. Imbu de mes connaissances livresques, allais-je agir d'une façon qui m'attirerait la haine des Blancs ?

Je contrefis d'autres billets et mes visites à la bibliothèque devinrent plus fréquentes. La lecture devint pour moi une passion. Mon premier roman important fut *Grande Rue*, de Sinclair Lewis. Il me fit comprendre mon patron, M. Gerald, et me permit de l'identifier et de le classer dans une catégorie bien définie d'Américains. Je souriais quand je le voyais s'amener au bureau avec son sac de golf. J'avais toujours senti qu'un abîme me séparait du patron, mais maintenant je me sentais plus près de lui, bien que distant encore. À présent j'avais l'impression de bien le connaître, de toucher aux limites mêmes de sa mesquine existence. Et tout cela venait simplement d'avoir lu un roman dans lequel il était question d'un personnage imaginaire, nommé George F. Babbitt.

Les intrigues et l'action des romans m'intéressaient moins que le point de vue qu'ils révélaient. Je me donnais sans réserve à chaque roman, sans chercher à le critiquer. La lecture était comme une drogue, un stupéfiant. Les romans créaient en moi des états d'âme qui persistaient durant des semaines.

Jorge Semprun (né en 1923)

L'Écriture ou la vie (1994)

(Gallimard, Folio n° 2870)

15. Se forger un caractère grâce à la lecture
Dans ce livre, Jorge Semprun évoque en partie ses souvenirs de détenu au camp de concentration de Buchenwald. Il évoque un de ses compagnons mourant alors que le camp vient d'être libéré.

Installé au block 40, dans le même dortoir que moi, après la période de quarantaine, Morales m'avait ébloui par sa faconde[1] de conteur. Je ne me lassais pas de l'écouter. Il

---

1. Sa faconde : aisance, facilité.

faut dire que son histoire était au plus haut point romanesque.

Il avait l'habitude de dire qu'un livre était responsable du caractère aventureux de son existence. « Un foutu petit livre », disait-il en riant. *Un jodido librito*... Un livre dont la lecture avait bouleversé sa vie, en le projetant tête la première – c'est le cas de le dire – dans le tourbillon des batailles politiques. À seize ans, en effet, il avait lu le *Manifeste communiste*[1], et sa vie en avait été changée. Il en parlait encore, à Buchenwald, avec une émotion existentielle. Comme d'autres vous parlent des *Chants de Maldoror* ou d'*Une saison en enfer*[2].

À dix-neuf ans, Morales avait fait la guerre d'Espagne dans une unité de guérilla qui opérait au-delà des lignes de front, en territoire ennemi. C'est après la défaite de la République espagnole, à Prades, qu'il avait eu son deuxième choc littéraire. Il y avait été recueilli et caché dans une famille française, après son évasion du camp de réfugiés d'Argelès. C'est là qu'il avait lu *Le Rouge et le Noir*[3]. Certes, le fait que ce livre lui eût été conseillé par une jeune femme dont il gardait encore le souvenir, à la fois charnel et sublimé, ne semblait pas étranger à la fascination suscitée. Quelle que fût la part du feu, cependant, de l'amoureuse flamme d'antan, le roman de Stendhal, dans son récit, se voyait attribuer des effets comparables à ceux du pamphlet de Marx, dans un domaine différent. Si le *Manifeste* lui avait ouvert la compréhension des grands mouvements massifs et inéluctables de l'Histoire, *Le*

---

1. Texte qui théorise les idées de Karl Marx et qui sert à l'élaboration du Parti communiste.
2. Recueils de poèmes. *Les Chants de Maldoror* ont été écrits par Lautréamont, *Une saison en enfer* par Arthur Rimbaud.
3. Roman de Stendhal (1830), dont vous trouverez un extrait p. 128 (texte 34).

Rouge et le Noir l'avait initié aux mystères de l'âme humaine : il en parlait avec une précision émue et nuancée, intarissable dès qu'on l'orientait sur ce sujet et je ne me privais pas du plaisir de le faire.

– Ce n'est pas juste, vient de me murmurer Morales, à peine me suis-je assis au chevet de sa litière, à peine ai-je pris sa main dans la mienne.

Il a raison, ce n'est pas juste de mourir à présent.

Morales a survécu à la guerre d'Espagne, aux combats du plateau des Glières – c'est son plus terrible souvenir, m'a-t-il dit : le long cheminement dans la neige profonde, sous le feu croisé des mitrailleuses, pour se sortir de l'encerclement des troupes allemandes et des détachements de la gendarmerie et de la Milice françaises. Il a survécu à Auschwitz. Et à Buchenwald, au risque quotidien d'être surpris par un *Meister* civil ou un *Sturmführer* S.S., en flagrant délit de sabotage sur la chaîne de la Gustloff, ce qui l'aurait directement mené à la potence. Il a survécu à mille autres dangers, pour finir ainsi, stupidement.

– *Morirse así, de cagalera, no hay derecho…*, murmure-t-il à mon oreille.

Je me suis agenouillé auprès de sa litière, pour qu'il n'ait pas d'effort à faire en s'adressant à moi.

Il a raison : ce n'est pas juste de mourir bêtement de chiasse après tant d'occasions de mourir les armes à la main.

Arrêt sur lecture 1

La lecture, une expérience vertigineuse

La lecture comme épreuve physique

Le corps accompagnant la lecture – Comme un sportif, le corps se met en condition, pour aborder sereinement l'épreuve de la lecture. Il se renferme sur lui-même et se coupe du monde extérieur. Annie François le fait remarquer avec humour : la lecture fait perdre le goût, l'odorat et la vue (**10**)[1]. Ainsi, les sens ne répondent plus aux appels de la réalité. Le corps, dans une immobilité relative, n'observe qu'une vigilance restreinte à son environnement et laisse de côté son rôle d'acteur pour devenir pleinement récepteur. Pourtant, cette passivité n'est qu'apparente : la lecture provoque une sorte d'épuisement physique et marque le lecteur. Nathalie Sarraute évoque son « air absent, hagard » quand elle doit quitter sa lecture pour aller manger (**5**). Quant au héros de Jules Vallès, il a « le cou brisé, la nuque qui [lui] fait mal, la poitrine creuse » (**9**).

La lecture faisant abstraction du corps – Dans le même temps, paradoxalement, le lecteur semble tellement plongé dans sa lecture qu'il perd conscience de la présence de son corps. Plusieurs textes abordent

---

1. Les numéros en gras et entre parenthèses renvoient aux numéros des textes de l'anthologie.

la question du repas. Celui-ci vient interrompre la lecture des jeunes Marcel Proust ou Nathalie Sarraute, ce dont ils se passeraient bien. Le lecteur n'a pas faim, il en oublie même de manger : plongé dans son livre, Richard Wright oublie son dîner et ne le mange que le lendemain matin en guise de petit déjeuner (**14**) ! Ingurgiter des mots semble donc suffire au lecteur pour survivre. Ainsi, la lecture a ce pouvoir particulier de mobiliser complètement l'énergie du corps tout en évacuant ses besoins vitaux.

Le lecteur, un schizophrène volontaire ?

« Je » est un autre – Si le corps n'exprime plus ses besoins dans cet intense moment de la lecture, c'est parce que le lecteur n'est plus lui-même ; il est devenu un autre. Sartre le fait d'ailleurs très justement remarquer : « Je me sentis devenir un autre. Anne-Marie, aussi, c'était une autre, avec son air d'aveugle extralucide » (**2**). En effet, quand on lit, on prononce des idées, des paroles qui ne sont pas les nôtres. Cette expérience est d'autant plus troublante dans les récits à la première personne parce que l'on dit « je » à la place d'un être que l'on n'est pas. Le lecteur devient le support d'un autre. En perdant ainsi les repères de sa propre identité, cette intériorisation perturbe autant qu'elle fascine.

S'identifier totalement à un être de papier – Mais le processus va plus loin. Une fois l'enclenchement de ce « déclic », d'après le mot de Sartre, c'est l'identification complète à tel ou tel personnage que le lecteur cherche frénétiquement. Nathalie Sarraute en parle, dans un texte qui regorge d'accumulations* (**5**) :

> Je m'y jette, je tombe... impossible de me laisser arrêter, retenir par les mots, par leur sens, leur aspect, par le déroulement des phrases, un courant invisible m'entraîne avec ceux à qui de tout mon être imparfait mais avide de perfection je suis attachée, à eux qui sont la bonté, la beauté, la grâce, la noblesse, la pureté, le courage mêmes... je dois avec eux affronter des désastres, courir d'atroces dangers, lutter au bord de précipices, recevoir dans le dos des coups de poignard, être séquestrée, maltraitée par d'affreuses mégères, menacée d'être perdue à jamais...

* Les mots signalés par un astérisque sont définis dans le glossaire, p. 174.

Cette présence du personnage à l'intérieur du lecteur constitue la plus grande richesse de la lecture. Chacun, avec son histoire et son imagination, construit sa propre image du personnage, y projette ses phantasmes et ses rêves.

Une grande poussée d'adrénaline

Ainsi, selon George Steiner, « il faut être prêt à prendre de grands risques pour bien lire. Prêt à sacrifier son moi, le contrôle qu'on a sur lui » (**13**). Ce nécessaire sacrifice du moi permet visiblement d'atteindre des moments de « bonheur intense » (Sarraute, **5**). Les sensations éprouvées apparaissent si fortes que le lecteur ressent parfois des difficultés à se sortir de la lecture. Dans les textes réunis ici, certains auteurs se comportent en véritables bibliophages, tel Rousseau qui dévore la bibliothèque de sa mère en quelques mois ! Quant à Richard Wright, il considère cette passion comme une addiction : « La lecture était comme une drogue, un stupéfiant » (**14**). Les lecteurs, des drogués ?

« Je m'y jette, je tombe », dit Sarraute, comme cet *Enfant* de Bob Lescaux qui s'abandonne complètement à la lecture, au point de se faire submerger par elle, emporter par la vague des mots.

Comment atteindre ce vertige ?

Le rôle de la voix
Une quête initiatique par la voix – Le son de la voix joue un rôle déterminant dans l'initiation à la lecture pour un enfant. C'est d'abord par la voix de l'adulte et par l'oralité qu'il a accès à l'écrit, et qu'il vit l'expérience déstabilisante de la lecture. Celle-ci, la première fois, le jeune Sartre ne l'apprécie guère : « Quand elle cessa de lire, je lui repris vivement les livres et les emportai sous mon bras sans dire merci » (**2**). Pourtant, c'est cette lecture partagée avec l'adulte qui permet bien souvent à l'enfant de l'apprécier par la suite.

Cette étrange petite voix intérieure – Avec l'apprentissage de la lecture, la voix haute se fait petite et intérieure. Bien que silencieuse et ne prenant pas forme dans la bouche, il existe une voix de la lecture, une « voix fantôme » selon Pascal Quignard (**7**) :

> S'il est vrai que la ponctuation d'un livre est plus affaire de syntaxe que de souffle, il reste que parfois pareille voix fictive parcourt effectivement le corps. Même, quand le livre est très beau, elle fait penser que la lecture n'est pas si loin de l'audition, ni le silence du livre tout à fait éloigné d'une « musique extrême ».

Cette petite voix joue donc un rôle essentiel dans l'expérience grisante de la lecture : elle fait vibrer le corps dans toute son intensité.

Rechercher l'isolement
Un lieu clos et silencieux – Pour pouvoir vivre pleinement sa lecture et entrer dans le monde de la fiction, il faut trouver un endroit qui puisse mettre à distance la réalité. Le lecteur aime les lieux clos, calmes et silencieux. C'est pourquoi la chambre incarne souvent le lieu idéal. Cette mise en condition du lieu relève parfois d'un véritable cérémonial. Il suffit de voir Marcel Proust guetter et attendre son heure pour s'installer confortablement dans un fauteuil de la salle à manger (**8**). Il est également intéressant ici de se pencher sur le texte de Jules Vallès dans lequel on impose au héros la solitude d'une pièce sinistre (**9**). Pourtant, ces conditions malheureuses apparaissent comme absolument néces-

saires à la révélation que constitue la découverte du pouvoir de la lecture.

La végétation comme refuge – Même à l'extérieur, le lecteur cherche à se confiner dans un lieu cocon. Ce sont les «charmilles» de Stendhal où l'arbre de Jacques Lacarrière. La nature semble accueillir et protéger ces lecteurs qui lui demandent refuge.

> ## à vous...
>
> **1 – D'après Jacques Lacarrière (texte 11), pourquoi l'arbre représente-t-il le lieu idéal de la lecture ?**

La libération de la conscience

Couper les ponts avec la réalité...

«J'étais en exil» : c'est ainsi que Sartre qualifie le moment où il plonge dans sa lecture (**2**). En effet, on observe lors de ce moment un basculement en deux temps : on prend d'abord ses distances avec le monde réel qui finit par ne plus exister, puis on le remplace par un monde nouveau et imaginaire que l'on construit à partir des signes envoyés par le texte. Ce processus s'exprime avant tout par l'anéantissement de tous nos repères spatio-temporels. C'est exactement ce qui se passe dans le texte de Vallès (**9**). Finalement, par le biais de l'ellipse* – incarnée par le titre de l'œuvre en majuscules, «ROBINSON CRUSOË» – l'auteur passe sous silence le moment même de la lecture. Le récit reprend quelques heures plus tard, sans que le héros ait eu conscience du temps écoulé. La lecture constitue donc une double expérience qui permet de se libérer de la réalité et de combler ce vide par un monde imaginaire.

... et entrer dans un univers extraordinaire

Et c'est justement cet extraordinaire, au sens premier du terme, qui fascine. La lecture, cette expérience qui peut paraître anodine, autorise les émotions les plus intenses sans sortir de son lit. La fiction se révèle alors bien plus palpitante que la réalité. Sarraute le souligne très justement dans son texte (**5**) :

> il faut aller au milieu de ces gens petits, raisonnables, prudents, rien ne leur arrive, que peut-il arriver là où ils vivent... là tout est si étriqué, mesquin, parcimonieux... alors que chez nous là-bas, on voit à chaque instant des palais, des hôtels, des meubles, des objets, des jardins, des équipages de toute beauté, comme on n'en voit jamais ici, des flots de pièces d'or, des rivières de diamants...

Ce «chez nous» souligne le fait que la narratrice a tellement intégré ce monde de la fiction que même la réalité lui devient étrangère.

La limite floue entre fiction et réalité

Celui qui est encore sous l'emprise de sa lecture ne revient pas facilement à la réalité. Ce moment de flottement entre les deux univers donne parfois lieu à des pensées ou des attitudes pour le moins surprenantes. Le héros de Vallès entend des rats dans «la cale de l'étude» et prend le surveillant pour un des personnages de son roman (**9**). De même, Wright a l'impression de ne pas être seul dans sa chambre (**14**). Les conséquences peuvent s'avérer plus profondes. Certains auteurs, à force d'être plongés dans ce monde fictif si palpitant, reconnaissent eux-mêmes qu'ils parviennent difficilement à établir une frontière nette entre ces deux univers, comme Rousseau (**4**) :

> Ces émotions confuses, que j'éprouvais coup sur coup, n'altéraient point la raison que je n'avais pas encore; mais elles m'en formèrent une d'une autre trempe, et me donnèrent de la vie humaine des notions bizarres et romanesques, dont l'expérience et la réflexion n'ont jamais bien pu me guérir.

Ainsi, la personne réelle qu'est le lecteur se voit teintée par la fiction : l'imaginaire finit par faire partie intégrante de son caractère et de la façon de se comporter.

Avec *La Lectrice soumise*, le peintre René Magritte représente bien l'impact qu'un livre peut avoir sur son lecteur : cette femme semble effrayée par ce qu'elle découvre !

Les bienfaits de la lecture

Les effets psychiques de la lecture

Un grand plaisir – La lecture relève d'une certaine jouissance ; quand on lit, on se libère par l'imaginaire de la réalité contraignante de sa vie quotidienne. C'est de là que naît le plaisir. Celui-ci prend une intensité toute particulière dans le cadre de la relecture. « Je relis les livres que j'aime et j'aime les livres que je relis », dit Perec (**6**). Le chiasme* qu'il utilise ici exprime bien ce plaisir sans cesse renouvelé.

Échapper à la morosité de la vie – La lecture permet souvent de s'évader d'un quotidien difficilement supportable. Lire *Don Quichotte* a permis au jeune Stendhal de mettre entre parenthèses son chagrin depuis que sa mère est décédée (**12**). Avec ce roman, l'enfant retrouve le sourire perdu. De la même manière, on comprend, dans le texte de

Semprun (**15**), que les souvenirs de lecture ont aidé les détenus des camps de la mort à survivre.

> ## à vous...
>
> **2 – Pourquoi Sartre et Perec aiment-ils tant relire leurs textes préférés ? Que recherchent-ils dans la relecture ?**

L'impact de la lecture sur la réalité

Forger son caractère – Même si certains lecteurs ont parfois des difficultés à distinguer monde réel de celui de la fiction, ils semblent persuadés que l'expérience de la lecture a forgé leur caractère. Rousseau en fait l'analyse : « De ces intéressantes lectures, des entretiens qu'elles occasionnaient entre mon père et moi, se forma cet esprit libre et républicain, ce caractère indomptable et fier, impatient de joug et de servitude, qui m'a tourmenté tout le temps de ma vie » (**4**). Ainsi, dans un premier temps, le lecteur quitte la réalité pour un monde fictif, mais, dans un deuxième temps, il revient au réel nourri de la fiction.

Comprendre le monde – Pour Richard Wright, la lecture permet de découvrir le monde. Son statut d'homme noir l'a enfermé dans un quotidien infernal. Le livre constitue pour lui une fenêtre ouverte sur l'humanité et sur des idées qu'il ne soupçonnait pas : « J'avais soif de livres, de nouvelles façons de voir et de concevoir. » (**14**) Il est enfin capable de déchiffrer la réalité qui l'entoure : « Mon premier roman [...] me fit comprendre mon patron, M. Gerald, et me permit de l'identifier et de le classer dans une catégorie bien définie d'Américains. » Ainsi, d'emblée, la lecture émancipe le jeune homme, l'affranchit de sa condition.

Faire des choix de vie – Cet enrichissement de la vie réelle par la fiction, certains l'utilisent pour donner un sens à leur vie et pour déterminer leurs actions. Un bel exemple en est donné par J. Semprun à propos de son ami espagnol, qui a dirigé ses actions à partir de deux lectures fondamentales, l'une pour son esprit, l'autre pour son cœur.

> **à vous...**
>
> 3 – Quel rapport tous ces lecteurs entretiennent-ils avec le livre ? Pourquoi le « fou des livres » en constitue-t-il le contre-exemple ?

Prolongement

Ce vertige de la lecture peut être utilisé pour composer un récit. En voici un exemple avec ce texte d'Annie Saumont, *Après* (1996). Restez sur vos gardes !

« Fille lisant à l'arrêt du bus

Elle était en haut de la page 136 quand l'autobus est arrivé.

En haut de la page 136 l'homme à la Volga 8 cylindres s'arrête devant la fille qui attend l'autobus. Ça se passe sur une esplanade dans une ville d'Europe centrale au nom difficile à prononcer. Plein été.

L'homme à la Volga s'est penché au-dehors et a dit (le bus venait du boulevard Saint-Germain. Fille courbée vers le livre. N'a pas fait signe au conducteur. Frissonne. C'est l'hiver) donc a dit (l'homme à la Volga) Montez, nous irons déjeuner chez mon ami, le Magyar manchot qui gère un restaurant de bonne réputation (dans une rue d'Europe centrale, portant un nom compliqué). Mon ami se charge de la cuisine. Il travaille très bien d'une seule main. Son pörkölt est fameux et aussi le tokány (ce sont des mets d'Europe centrale. Tout ce qui se passe dans le livre se passe en Europe centrale).

Du côté de la gare d'Austerlitz on entend le bruit d'un klaxon. Quelqu'un aura oublié que l'usage de l'avertisseur est depuis longtemps interdit à Paris.

Aucun autobus n'est venu de la page 136 à la page 139. Page 139 entre en scène un détective mince et blond, aux yeux couleur de pervenche. Page 140 et suivantes le beau détective enquête. A-t-elle vu (la fille) un homme dans une Volga ? Elle a vu. L'homme l'a invitée à déjeuner. Ce malfrat rancarde les dealers de drogue dure chez son ami, restaurateur magyar qui a perdu un bras dans une rixe. Elle n'ira plus.

La fille serre contre elle son manteau confortable. Elle tient fermement le livre ouvert et un bout de crayon rongé. Sans doute a-t-elle l'intention de souligner certains passages pour les relire à loisir, ou encore de noter des mots que jusqu'alors elle ne connaissait pas (pörkölt, tokány, székelygulyas).

L'homme à la Volga réapparaît, il bondit hors de sa voiture brandissant une arme à feu. Aux heures de trafic intense le jeune et beau détective s'abriterait derrière un autobus. Pas d'autobus en vue. L'homme à la Volga tire sur le privé qui s'effondre. Du sang s'étale sur sa poitrine.

La fille hurle.

La fille tourne en hâte la page 157. Elle espère apprendre la survie du détective aux yeux clairs avant l'arrivée du prochain 63.

Le voici. Un 63, direction gare de Lyon. Cette fois encore la fille n'a pas fait signe au machiniste, elle ne voyait que le sang répandu. L'autobus ne s'est pas arrêté. Pour appeler au secours elle a relevé la tête. Derrière le conducteur du bus était assis un jeune homme blond, mince et beau, le regard bleu. Elle a eu tout juste le temps de le reconnaître, elle n'a pas osé crier en courant derrière le bus. Elle n'osait pas non plus se hasarder page 158 de peur d'y trouver un cadavre.

L'homme au revolver avait fui. Du côté du pont de la Tournelle a soudain retenti la sirène d'une voiture de police.

La fille relit une dernière fois page 146 les paroles qu'a prononcées le beau blond, en Europe centrale sur la place au soleil, par une journée radieuse. Dans une violente lumière d'Europe centrale en juillet la fille attend l'arrivée d'un troisième bus 63. Il est midi à la pendule de l'arrêt facultatif, près des grilles du jardin public. Les arbres ont perdu leurs feuilles, le vent glacé les emporte. Il faudrait rentrer chez soi après avoir acheté en descendant du bus, dans un bistrot du quartier, des sandwichs pour le déjeuner. Elle attend, elle n'a pas faim. Elle tient toujours le livre ouvert. Elle ne lira plus de romans noirs. On s'attache aux personnages. S'ils meurent on souffre, c'est bête. Elle commence à écrire dans les marges l'histoire d'un amour heureux. »

(Éditions Julliard, texte intégral)

à vous...

4 – Quels effets le récit produit-il sur la lectrice ?
5 – En quoi peut-on parler de mise en abyme* de la lecture dans cette nouvelle ? Comment la narration s'organise-t-elle pour mettre à la fois en scène l'histoire racontée dans le livre et les réactions de la jeune fille à cette lecture ?

Ovide (43 av. J.-C. - v. 18 ap. J.-C.)

Les Tristes

(trad. du latin par Dominique Poirel,
Éditions de la Différence)

16. Recommandations du poète à son livre

Ovide, poète latin célèbre pour ses Amours *et ses* Métamorphoses, *a connu aussi la disgrâce impériale. Contraint de s'exiler dans une région reculée de l'Empire, c'est son livre* Les Tristes *qu'Ovide envoie à Rome, en espérant qu'il sera lu.*

Allons, j'y consens, petit livre : sans moi tu iras à la Ville,
    là où ton maître, hélas ! n'a point le droit d'aller.

Va, donc, mais négligé, tel qu'il convient à mon exil ;
    revêts, infortuné, la livrée[1] de mon sort.

---

1. La livrée : vêtement aux couleurs caractéristiques d'un personnage de haut rang.

Point de myrtille afin de te farder de pourpre
    – ce n'est pas la couleur qui sied à ma détresse –
ni titre vermillon, ni baume sur tes pages,
    ni cornes blanches sur le noir de ton front :
cet attirail est bon pour les livres heureux.
    Toi, garde d'oublier quelle est mon infortune.
Pour te polir des deux côtés, nulle pierre ponce friable,
    mais qu'on te voie plutôt hirsute, échevelé.
Si tu as quelques taches, n'aie pas honte :
    en les voyant, chacun devinera qu'elles viennent de
                                                [mes larmes.
Va, mon livre, et salue pour moi les lieux aimés ;
    pour m'y rendre, je n'ai que le pied de mes vers.

Même fidèle à ta mission, mon livre, tu seras blâmé ;
    l'on te dira sans doute inférieur à ma gloire.
Un bon juge étudie les faits avec leurs circonstances :
    qu'on cherche celles-ci, tu n'auras rien à craindre.
La poésie ne naît que d'un esprit serein,
    et de soudains malheurs ont rembruni mes jours.
La poésie demande une retraite au calme,
    et la mer et l'orage et les vents me ballottent.
La poésie veut ignorer la crainte, et je crois déjà voir,
    désespéré, un glaive prêt à m'égorger.
Mes vers étonneront leur juge s'il est équitable ;
    tels qu'ils sont, mes écrits auront son indulgence.
Donnez-moi un Homère, accablez-le de maux,
    tant de malheurs abattront son génie.

Pour finir, va, mon livre, indifférent à l'opinion.
    Si tu es dédaigné, n'en conçois nulle honte :
notre sort en effet n'est pas assez heureux

>   pour que tu aies souci de ta louange.
> Au temps de mon bonheur, amoureux de la gloire,
>   je brillais de me faire un nom.
> Mais maintenant, si je ne hais la poésie qui m'a fait tort,
>   c'est bien assez : l'exil est dû à mon génie.
>
> Mais toi, va, tu le peux ; revois Rome à ma place.
>   Ah ! grands dieux, aujourd'hui que ne suis-je mon livre !
>
>   (1, 1)

Ovide

Les Tristes

17. Le livre d'Ovide en visite à Rome
Un peu plus loin dans le recueil, Ovide personnifie son livre et lui fait raconter son périple dans la ville.

> « Livre d'un exilé, j'arrive dans la ville où, tremblant, il
>   [m'envoie ;
>   ami lecteur, prête une main secourable à mes fatigues
> et ne redoute point que je te fasse honte : pas un seul vers
>   [ici qui enseigne l'amour,
>   car le sort de mon maître n'est pas tel qu'il puisse le
>   [cacher sous de tels badinages.
> Cette œuvre que jadis, dans son jeune âge, il esquissa pour
>   [son malheur,
>   lui-même – hélas ! trop tard – il la réprouve et la hait.

Mais, montrez-moi plutôt, lecteurs, s'il vous plaît, où me
  [rendre?
  En quel lieu m'arrêter, livre étranger en cette ville?»
Ces mots dits, d'une voix défaillante et furtive,
  à peine il fut quelqu'un pour me servir de guide :
«Puissent les dieux t'accorder ce qu'ils ont refusé à mon
  [père :
  de pouvoir séjourner en paix dans ta patrie.
Conduis-moi : je te suis, si las que soit mon pied
  après un long voyage à travers terre et mer.»

Il accepte et me guide : «Voici, dit-il, les forums de César,
  voici la voie qu'on appelle sacrée;
voici le temple de Vesta, qui garde le palladium et la flamme;
  ici fut le petit palais de l'antique Numa.»
Puis, allant vers la droite : «Voici, dit-il, la porte palatine,
  et ici Jupiter Stator : premier emplacement de Rome.»

[…] *Le livre parcourt ainsi les lieux romains les plus célèbres.*

Plus loin, mon guide me conduit devant un temple blanc
  aux marches élevées, séjour du dieu aux longs che-
  [veux.
Entre les colonnes venues de l'étranger, sont les statues
  des Danaïdes et de leur père barbare à l'épée nue;
là, de savants esprits, tant anciens que modernes,
  sont les œuvres exposées aux lecteurs.
J'y recherchai mes frères (à l'exception, bien sûr, de ceux
  que leur père voudrait n'avoir point engendrés).
En vain je les cherchais, quand le gardien des lieux
  m'ordonna de sortir de cet endroit sacré.

Je gagne un autre temple, auprès du théâtre voisin ;
    mais là non plus, mes pieds ne purent se poser
et de son atrium[1] qui le premier fut ouvert aux ouvrages
    [savants
    la Liberté me défendit l'accès :
le sort de notre pauvre auteur déborde sur ses fils
    et nous devons souffrir le même exil que lui.
Peut-être, un jour, César, se laissant vaincre par le temps,
    sera-t-il moins sévère et pour nous et pour lui…

Ô dieux, et toi surtout, César – point besoin de les prier
    exauce ma prière, ô le plus grand des dieux !
Mais d'ici là, puisque tout lieu public m'est interdit,
    puissé-je me cacher dans les maisons privées !
et vous, mains plébéiennes, s'il se peut, prenez mes vers
    tout confus et honteux qu'on les ait repoussés !

(3,1)

---

1. Un atrium est la cour intérieure d'une maison romaine. Il était souvent entouré d'un portique ouvert.

Pascal Quignard (né en 1948)

Petits traités II (1997)

(Gallimard, Folio n° 2977)

18. Le livre, un statut différent pour le lecteur et pour l'auteur

Pascal Quignard propose ici une réflexion sur le rapport que l'écrivain et le lecteur entretiennent avec le texte écrit.

L'objet que réalise peu à peu l'écrivain est-il le même que celui que tient dans ses mains le lecteur ? L'écrivain travaille sur un texte. Le lecteur lit un livre. Une métamorphose a lieu entre une face imaginaire et toujours panoramique et un volume aux pages distinctes et injuxtaposables. La consécration de l'écriture n'équivaut pas à l'actualisation de la lecture. Le latin est plus précis. Le *scriptum*[1] se fait *liber*[2] et un *liber* se fait *lectura*[3]. Mais la *lectio* (qui est l'énonciation du livre, le lecteur tenant entre ses mains un livre) est une actualité physique, une concrétisation, un échange et une solidarité violente, plus ou moins aisée, qui suscite une signification qui ne préexiste pas dans le « texte » ou dans la page imaginaire. C'est une tension entre un objet duquel un corps s'est retranché et un objet auquel un corps vient ajouter son existence, la singularité de son désir, les moyens de sa pensée, et les sédiments de sa mémoire.

Sans doute y a-t-il une espèce de « lecture qui gouverne

---

1. *Scriptum* : le texte écrit.
2. *Liber* : le livre.
3. *Lectura* : le texte lu.

le texte», une sorte de «typographie», de temporalité et d'espacement qui commande la page manuelle, un fantôme de volume muet et achevé qui assujettit, pour celui qui écrit, le travail vivant et quotidien.

Mais cette anticipation elle-même est sans symétrie. Le lecteur qui saisit un livre est dans l'incapacité de pressentir la métamorphose qui lui a donné jour (le transport de l'incertitude textuelle et manuelle dans sa netteté typographique et physique). Il se coule d'emblée dans cette forme qui le domine, qui mouvemente et rythme son regard, qui assoit sa perception non synoptique et qui la suborne. Sans doute peut-il évoquer celui qui l'écrivit, s'interroge-t-il sur ce qu'il prétendit faire etc., mais seul le *liber*, *l'opus*[1] est questionné, à l'extrême rigueur le *scriptum* : non la *scriptio*[2], non la contingence[3] et la chimère de *l'operatio*[4]. (Plus même : car – nonobstant[5] qu'il n'en a pas la possibilité – le lecteur qui se saisit d'un livre ne nourrit sans doute pas le désir de toucher l'arbitraire d'où le livre procède.)

Mais ces deux asymétries sont à vrai dire à peu près indistinctes.

(XXXe traité, *Lectio*)

---

1. *Opus* : l'œuvre.
2. *Scriptio* : l'action même d'écrire.
3. Contingence : ce qui est accidentel, lié au hasard.
4. *Operatio* : le travail de l'ouvrage.
5. Nonobstant : en dépit du fait.

François Rabelais (v. 1494-1553)

Gargantua (1532-1564)

(modernisation du texte par Emmanuel Naya,
Folioplus classiques n°21)

19. L'auteur face à son lecteur

Bien souvent, les auteurs ont utilisé les préfaces pour inviter leurs lecteurs à lire les textes dans telle ou telle disposition d'esprit. Cette anthologie en propose quelques-unes parmi les plus célèbres. Commençons par Rabelais.

Aux lecteurs

Amis lecteurs qui ce livre lisez,
Dépouillez-vous de toute affection[1],
Et le lisant ne vous scandalisez.
Il ne contient mal ni infection[2].
Vrai est qu'ici peu de perfection
Vous apprendrez, sinon en cas de rire :
Autre argument ne peut mon cœur élire.
Voyant le deuil, qui vous mine et consomme,
Mieux est de rire que de larmes écrire.
Pour ce que rire est le propre de l'homme.

Prologue de l'auteur

Buveurs très illustres, et vous Vérolés[3] très précieux (car à vous non à autres sont dédiés mes écrits), Alcibiade au dia-

---

1. Affection : passion.
2. Infection : ici, mauvaise intention.
3. Vérolés : personnes atteintes de la syphilis, maladie sexuellement transmissible.

logue de Platon intitulé, *Le Banquet,* louant son précepteur Socrate, sans controverse prince des philosophes : entre autres paroles le dit être semblable aux Silènes. Silènes étaient jadis petites boîtes telles que voyons de présent aux boutiques des apothicaires peintes au-dessus de figures joyeuses et frivoles, comme de harpies, satires, oisons[1] bridés, lièvres cornus, canes bâtées, boucs volants, cerfs limonniers[2], et autres telles peintures contrefaites à plaisir pour exciter le monde à rire. Quel[3] fut Silène maître du bon Bacchus : mais au-dedans l'on réservait les fines drogues, comme Baume, ambre gris, amome, musc, civette[4], pierreries : et autres choses précieuses. Tel disait être Socrate : par ce que le voyant au dehors, et l'estimant par l'extérieure apparence, n'en eussiez donné un copeau d'oignon : tant laid il était de corps et ridicule en son maintien, le nez pointu, le regard d'un taureau : le visage d'un fol : simple en mœurs, rustique en vêtements, pauvre de fortune, infortuné en femmes, inapte à tous les offices de la république, toujours riant, toujours buvant d'autant à un chacun[5], toujours se guabelant[6], toujours dissimulant son divin savoir. Mais ouvrant cette boîte : eussiez au dedans trouvé une céleste et inappréciable drogue, entendement plus que humain, vertu merveilleuse, courage invincible, sobresse[7] non pareille, contentement certain, assurance parfaite, déprisement[8] incroyable de tout ce pourquoi les

---

1. Oisons : petits de l'oie.
2. Limonniers : attelés.
3. Quel : tel.
4. La civette est un animal carnivore au pelage gris jaunâtre taché de noir. La civette sécrète une matière onctueuse et odorante de laquelle on extrait un parfum.
5. D'autant à un chacun : à la santé de chacun.
6. Se guabelant : se moquant.
7. Sobresse : sobriété.
8. Déprisement : détachement, ou plus fortement, mépris.

humains tant veillent, courent, travaillent, naviguent et bataillent.

À quel propos, en votre avis, tend ce prélude, et coup d'essai ? Par autant que vous[1] mes bons disciples, et quelques autres fous de séjour[2] lisant les joyeux titres d'aucuns[3] livres de notre invention comme *Gargantua*, *Pantagruel*, *Fessepinte*, *La Dignité des braguettes*, *Des pois au lard cum commento* etc. jugez trop facilement n'être au dedans traité que moqueries, folâtreries, et menteries[4] joyeuses : vu que l'enseigne extérieure (c'est le titre) sans plus avant enquérir, est communément reçue à dérision et gaudisserie[5]. Mais par telle légèreté ne convient estimer les œuvres des humains. Car vous-mêmes dites que l'habit ne fait point le moine : et tel est vêtu d'habit monacal, qui au dedans n'est rien moins que moine : et tel est vêtu de cape espagnole, qui en son courage nullement affiert à Espagne. C'est pourquoi il faut ouvrir le livre : et soigneusement peser ce qui y est déduit. Lors connaîtrez[6] que la drogue dedans contenue est bien d'autre valeur, que ne promettait la boîte. C'est à dire que les matières ici traitées ne sont tant folâtres, comme le titre au-dessus prétendait.

Et posé le cas, qu'au sens littéral vous trouvez matières assez joyeuses et bien correspondantes au nom, toutefois pas demeurer là ne faut, comme au chant des Sirènes : ains[7] à plus haut sens interpréter ce que par aventure cuidiez dit[8] en gaieté de cœur.

1. Par autant que vous : c'est que vous.
2. De séjour : désœuvrés.
3. D'aucuns : de quelques.
4. Menteries : mensonges.
5. Gaudisserie : plaisanterie, moquerie.
6. Lors connaîtrez : alors vous reconnaîtrez, vous admettrez.
7. Ains : mais.
8. Ce que par aventure cuidez dit : ce que peut-être vous croyez dit.

LE PLAISIR DE LA LECTURE

Choderlos de Laclos (1741-1803)

Les Liaisons dangereuses (1782)

(Gallimard, Folioplus classiques n° 5)

20. Un livre pour instruire et plaire ?
Laclos n'ouvre pas directement ses Liaisons dangereuses *sur les intrigues de Mme de Merteuil et du duc de Valmont. Il commence par présenter la préface d'un rédacteur fictif qui se serait chargé de rassembler et d'ordonner l'ensemble des lettres constituant ce roman épistolaire. Le rédacteur évoque ici l'intérêt du lecteur à lire ce recueil.*

Le mérite d'un Ouvrage se compose de son utilité ou de son agrément[1], et même de tous deux, quand il en est susceptible : mais le succès, qui ne prouve pas toujours le mérite, tient souvent davantage au choix du sujet qu'à son exécution, à l'ensemble des objets qu'il présente, qu'à la manière dont ils sont traités. Or ce Recueil contenant, comme son titre l'annonce, les Lettres de toute une société, il y règne une diversité d'intérêts qui affaiblit celui du Lecteur. De plus, presque tous les sentiments qu'on y exprime, étant feints ou dissimulés, ne peuvent même exciter qu'un intérêt de curiosité toujours bien au-dessous de celui de sentiment, qui, surtout, porte moins à l'indulgence, et laisse d'autant plus apercevoir les fautes qui s'y trouvent dans les détails, que ceux-ci s'opposent sans cesse au seul désir qu'on veuille satisfaire.

---

1. Traditionnellement, la littérature occupe deux fonctions : instruire et plaire.

Ces défauts sont peut-être rachetés, en partie, par une qualité qui tient de même à la nature de l'Ouvrage : c'est la variété des styles ; mérite qu'un Auteur atteint difficilement, mais qui se présentait ici de lui-même, et qui sauve au moins l'ennui de l'uniformité. Plusieurs personnes pourront compter encore pour quelque chose un assez grand nombre d'observations, ou nouvelles, ou peu connues, et qui se trouvent éparses dans ces Lettres. C'est aussi là, je crois, tout ce qu'on y peut espérer d'agréments, en les jugeant même avec la plus grande faveur.

L'utilité de l'Ouvrage, qui peut-être sera encore plus contestée, me paraît pourtant plus facile à établir. Il me semble au moins que c'est rendre un service aux mœurs, que de dévoiler les moyens qu'emploient ceux qui en ont de mauvaises pour corrompre ceux qui en ont de bonnes, et je crois que ces Lettres pourront concourir efficacement à ce but. On y trouvera aussi la preuve et l'exemple de deux vérités importantes qu'on pourrait croire méconnues, en voyant combien peu elles sont pratiquées : l'une, que toute femme qui consent à recevoir dans sa société un homme sans mœurs finit par en devenir la victime ; l'autre, que toute mère est au moins imprudente, qui souffre qu'un autre qu'elle ait la confiance de sa fille. Les jeunes gens de l'un et de l'autre sexe pourraient encore y apprendre que l'amitié que les personnes de mauvaises mœurs paraissent leur accorder si facilement n'est jamais qu'un piège dangereux, et aussi fatal à leur bonheur qu'à leur vertu. Cependant l'abus, toujours si près du bien, me paraît ici trop à craindre ; et, loin de conseiller cette lecture à la jeunesse, il me paraît très important d'éloigner d'elle toutes celles de ce genre. L'époque où celle-ci peut cesser d'être dangereuse et devenir utile me paraît avoir été très bien saisie, pour son sexe, par une bonne mère qui non seulement a de l'esprit, mais qui a du bon esprit. «Je croirais», me disait-elle, après avoir lu le manuscrit de cette Correspondance, «rendre un vrai service à ma fille, en lui donnant ce Livre le jour de son mariage». Si toutes les mères de famille en pensent ainsi, je me féliciterai éternellement de l'avoir publié.

Mais, en partant encore de cette supposition favorable, il me semble toujours que ce Recueil doit plaire à peu de monde. Les hommes et les femmes dépravés auront intérêt à décrier un Ouvrage qui peut leur nuire; et comme ils ne manquent pas d'adresse, peut-être auront-ils celle de mettre dans leur parti les Rigoristes, alarmés par le tableau des mauvaises mœurs qu'on n'a pas craint de présenter.

Les prétendus esprits forts ne s'intéresseront point à une femme dévote, que par cela même ils regarderont comme une femmelette, tandis que les dévots se fâcheront de voir succomber la vertu, et se plaindront que la Religion se montre avec trop peu de puissance.

D'un autre côté, les personnes d'un goût délicat seront dégoûtées par le style trop simple et trop fautif de plusieurs de ces Lettres, tandis que le commun des Lecteurs, séduit par l'idée que tout ce qui est imprimé est le fruit d'un travail, croira voir dans quelques autres la manière peinée[1] d'un Auteur qui se montre derrière le personnage qu'il fait parler.

Enfin, on dira peut-être assez généralement que chaque chose ne vaut qu'à sa place; et que si d'ordinaire le style trop châtié des Auteurs ôte en effet de la grâce aux Lettres de société, les négligences de celles-ici deviennent de véri-

---

1. Peinée : laborieuse.

tables fautes, et les rendent insupportables, quand on les livre à l'impression.

J'avoue avec sincérité que tous ces reproches peuvent être fondés : je crois aussi qu'il me serait possible d'y répondre, et même sans excéder la longueur d'une Préface. Mais on doit sentir que, pour qu'il fût nécessaire de répondre à tout, il faudrait que l'Ouvrage ne pût répondre à rien ; et que si j'en avais jugé ainsi, j'aurais supprimé à la fois la Préface et le Livre.

(Préface du rédacteur)

Charles Baudelaire (1821-1867)

Les Fleurs du mal (1840-1857)

(Gallimard, Folioplus classiques n° 17)

21. « Hypocrite lecteur, – mon semblable, – mon frère ! »
Cette célèbre formule de Baudelaire ouvre Les Fleurs du mal *et instaure d'emblée une relation particulière et nouvelle avec son lecteur. Dans ce prologue poétique, Baudelaire cherche à provoquer son lecteur en lui dressant un portrait des vices de l'humanité, dont tous deux font partie.*

Au lecteur

La sottise, l'erreur, le péché, la lésine[1],
Occupent nos esprits et travaillent nos corps,

---

1. Lésine : avarice, pingrerie.

Et nous alimentons nos aimables remords,
Comme les mendiants nourrissent leur vermine.

Nos péchés sont têtus, nos repentirs sont lâches ;
Nous nous faisons payer grassement nos aveux,
Et nous rentrons gaiement dans le chemin bourbeux,
Croyant par de vils pleurs laver toutes nos taches.

Sur l'oreiller du mal c'est Satan Trismégiste[1]
Qui berce longuement notre esprit enchanté[2],
Et le riche métal de notre volonté
Est tout vaporisé par ce savant chimiste.

C'est le Diable qui tient les fils qui nous remuent !
Aux objets répugnants nous trouvons des appas ;
Chaque jour vers l'Enfer nous descendons d'un pas,
Sans horreur, à travers des ténèbres qui puent.

Ainsi qu'un débauché pauvre qui baise et mange
Le sein martyrisé d'une antique catin,
Nous volons au passage un plaisir clandestin
Que nous pressons bien fort comme une vieille orange.

Serré, fourmillant, comme un million d'helminthes[3],
Dans nos cerveaux ribote un peuple de Démons,
Et, quand nous respirons, la Mort dans nos poumons
Descend, fleuve invisible, avec de sourdes plaintes.

---

1. Trismégiste : étymologiquement, trois fois plus grand. Adjectif utilisé dans l'Antiquité pour qualifier Hermès.
2. Enchanté : ensorcelé.
3. Helminthe : ver parasite.

Si le viol, le poison, le poignard, l'incendie,
N'ont pas encor brodé de leurs plaisants dessins
Le canevas banal de nos piteux destins,
C'est que notre âme, hélas! n'est pas assez hardie.

Mais parmi les chacals, les panthères, les lices[1],
Les singes, les scorpions, les vautours, les serpents,
Les monstres glapissants, hurlants, grognants, rampants,
Dans la ménagerie infâme de nos vices,

Il en est un plus laid, plus méchant, plus immonde!
Quoiqu'il ne pousse ni grands gestes ni grands cris,
Il ferait volontiers de la terre un débris
Et dans un bâillement avalerait le monde;

C'est l'Ennui! – l'œil chargé d'un pleur involontaire,
Il rêve d'échafauds en fumant son houka[2].
Tu le connais, lecteur, ce monstre délicat,
– Hypocrite lecteur, – mon semblable, – mon frère!

---

1. Lice : femelle de chien de chasse.
2. Houka : sorte de narguilé. Cette pipe fait partie de la panoplie exotique de l'artiste romantique.

Guy de Maupassant (1850-1893)

Pierre et Jean (1888)

(Gallimard, Folioplus classiques n° 43)

22. Auteur, lecteur : chacun son territoire
La préface de Pierre et Jean *est souvent considérée comme le manifeste du réalisme. Dans ce texte, Maupassant énonce les différents principes qui régissent l'écriture réaliste. Il révoque également l'idée d'un lecteur tout-puissant face à l'écrivain.*

Le roman

Le lecteur, qui cherche uniquement dans un livre à satisfaire la tendance naturelle de son esprit, demande à l'écrivain de répondre à son goût prédominant, et il qualifie invariablement de remarquable ou de *bien écrit* l'ouvrage ou le passage qui plaît à son imagination idéaliste, gaie, grivoise, triste, rêveuse ou positive[1].

En somme, le public est composé de groupes nombreux qui nous crient :
– Consolez-moi.
– Amusez-moi.
– Attristez-moi.
– Attendrissez-moi.
– Faites-moi rêver.
– Faites-moi rire.
– Faites-moi frémir.
– Faites-moi pleurer.

1. Qui donne une préférence aux faits, à la réalité.

– Faites-moi penser.

Seuls, quelques esprits d'élite demandent à l'artiste :

– Faites-moi quelque chose de beau, dans la forme qui vous conviendra le mieux, suivant votre tempérament.

L'artiste essaie, réussit ou échoue.

Le critique ne doit apprécier le résultat que suivant la nature de l'effort; et il n'a pas le droit de se préoccuper des tendances.

Cela a été écrit déjà mille fois. Il faudra toujours le répéter.

[...]

Contester le droit d'un écrivain de faire une œuvre poétique ou une œuvre réaliste, c'est vouloir le forcer à modifier son tempérament, récuser son originalité, ne pas lui permettre de se servir de l'œil et de l'intelligence que la nature lui a donnés.

[...]

Laissons-le libre de comprendre, d'observer, de concevoir comme il lui plaira, pourvu qu'il soit un artiste. Devenons poétiquement exaltés pour juger un idéaliste et prouvons-lui que son rêve est médiocre, banal, pas assez fou ou magnifique.

[...]

Le romancier qui transforme la vérité constante, brutale et déplaisante, pour en tirer une aventure exceptionnelle et séduisante, doit, sans souci exagéré de la vraisemblance, manipuler les événements à son gré, les préparer et les arranger pour plaire au lecteur, l'émouvoir ou l'attendrir. Le plan de son roman n'est qu'une série de combinaisons ingénieuses conduisant avec adresse au dénouement. Les incidents sont disposés et gradués vers le point culminant et l'effet de la fin, qui est un événement capital et décisif, satisfaisant toutes les curiosités éveillées au début, mettant une barrière à l'intérêt, et terminant si complètement l'histoire racontée qu'on ne désire plus savoir ce que deviendront, le lendemain, les personnages les plus attachants.

Le romancier, au contraire, qui prétend nous donner une image exacte de la vie, doit éviter avec soin tout enchaînement d'événements qui paraîtrait exceptionnel. Son but n'est point de nous raconter une histoire, de nous amuser ou de nous attendrir, mais de nous forcer à penser, à comprendre le sens profond et caché des événements. À force d'avoir vu et médité il regarde l'univers, les choses, les faits et les hommes d'une certaine façon qui lui est propre et qui résulte de l'ensemble de ses observations réfléchies. C'est cette vision personnelle du monde qu'il cherche à nous communiquer en la reproduisant dans un livre. Pour nous émouvoir, comme il l'a été lui-même par le spectacle de la vie, il doit la reproduire devant nos yeux avec une scrupuleuse ressemblance. Il devra donc composer son œuvre d'une manière si adroite, si dissimulée, et d'apparence si simple, qu'il soit impossible d'en apercevoir et d'en indiquer le plan, de découvrir ses intentions.

L'AUTEUR, LE LIVRE, LE LECTEUR

Théophile Gautier (1811-1872)

Mademoiselle de Maupin (1835)

(Gallimard, Folio classique n° 396)

23. L'écrivain a le droit de ne pas tenir compte de ses lecteurs

Cette préface de Théophile Gautier présente les idées essentielles du mouvement de l'Art pour l'Art. L'écrivain se révolte contre les critiques littéraires qui veulent imposer des types de romans bien particuliers au public. L'auteur a le droit d'écrire ce qu'il veut, sans tenir compte de l'esthétique dominante. Aux lecteurs ensuite de trancher.

Quand un auteur jetait sur leur bureau un volume quelconque, roman ou poésie, – ces messieurs se renversaient nonchalamment sur leur fauteuil, le mettaient en équilibre sur ses pieds de derrière, et, se balançant d'un air capable, ils se rengorgeaient et disaient :

– À quoi sert ce livre ? Comment peut-on l'appliquer à la moralisation et au bien-être de la classe la plus nombreuse et la plus pauvre ? Quoi ! pas un mot des besoins de la société, rien de civilisant et de progressif ! Comment, au lieu de faire la grande synthèse de l'humanité, et de suivre, à travers les événements de l'histoire, les phases de l'idée régénératrice et providentielle, peut-on faire des poésies et des romans qui ne mènent à rien, et qui ne font pas avancer la génération dans le chemin de l'avenir ? Comment peut-on s'occuper de la forme, du style, de la rime en présence de si graves intérêts ? – Que nous font, à nous, et le style et la rime, et la forme? c'est bien de cela qu'il s'agit (pauvres renards, ils sont trop verts)! – La société souffre, elle est en proie à un grand déchirement intérieur (traduisez : personne ne veut s'abonner aux journaux utiles). C'est au poète à chercher la cause de ce malaise et à le guérir. Le moyen, il le trouvera en sympathisant de cœur et d'âme avec l'humanité (des poètes philanthropes[1]! ce serait quelque chose de rare et de charmant). Ce poète, nous l'attendons, nous l'appelons de tous nos vœux. Quand il paraîtra, à lui les acclamations de la foule, à lui les palmes, à lui les couronnes, à lui le Prytanée[2]...

À la bonne heure; mais, comme nous souhaitons que notre lecteur se tienne éveillé jusqu'à la fin de cette bienheureuse préface, nous ne continuerons pas cette imitation très fidèle du style utilitaire, qui, de sa nature, est passablement soporifique, et pourrait remplacer, avec avantage, le laudanum[3] et les discours d'académie.

Non, imbéciles, non, crétins et goitreux que vous êtes, un livre ne fait pas de la soupe à la gélatine; – un roman n'est pas une paire de bottes sans couture; un sonnet, une seringue à jet continu; un drame n'est pas un chemin de fer, toutes choses essentiellement civilisantes, et faisant marcher l'humanité dans la voie du progrès.

De par les boyaux de tous les papes passés, présents et futurs, non et deux cent mille fois non. On ne se fait pas un bonnet de coton d'une métonymie[4], on ne chausse pas une comparaison en guise de pantoufle; on ne se peut servir

---

1. Philanthrope : personne portée à aimer tous les hommes.
2. Prytanée : édifice grec où s'assemblaient les Prytanes. On utilisait ce bâtiment à des fins politiques ou religieuses.
3. Laudanum : préparation à base d'alcool et d'opium qui calme les douleurs intenses et aide à dormir.
4. Métonymie : substitution d'un mot à un autre qui lui est lié. Par exemple «boire un verre» (le contenu d'un verre).

d'une antithèse pour parapluie; malheureusement, on ne saurait se plaquer sur le ventre quelques rimes bariolées en manière de gilet. J'ai la conviction intime qu'une ode est un vêtement trop léger pour l'hiver, et qu'on ne serait pas mieux habillé avec la strophe, l'antistrophe et l'épode[1] que cette femme du cynique[2] qui se contentait de sa seule vertu pour chemise, et allait nue comme la main, à ce que raconte l'histoire.

Joris-Karl Huysmans (1848-1907)

À rebours (1884)

(Gallimard, Folio classique n° 898)

24. Pourquoi un livre perd-il peu à peu son intérêt aux yeux du lecteur ?

Huysmans, grand ami de Zola, a été avec lui l'initiateur du naturalisme. Pourtant, il s'éloigne progressivement de ce mouvement littéraire. Dans cette préface, ce n'est pas tant l'esquisse d'une nouvelle théorie du roman qui nous intéresse que les goûts et les attentes du lecteur de la fin du XIXe siècle.

Quoi qu'on inventât, le roman se pouvait résumer en ces quelques lignes : savoir pourquoi monsieur Un tel commet-

---

1. Épode : troisième partie d'une ode. L'ode était divisée en trophe, antistrophe et épode.
2. Les Cyniques étaient des philosophes grecs. Ils cherchaient à s'affranchir le plus possible de l'ordre établi.

tait ou ne commettait pas l'adultère avec madame Une telle; si l'on voulait être distingué et se déceler, ainsi qu'un auteur de meilleur ton, l'on plaçait l'œuvre de chair entre une marquise et un comte; si l'on voulait, au contraire, être un écrivain populaire, un prosateur à la coule[1], on la campait entre un soupirant de barrière et une fille quelconque; le cadre seul différait. La distinction me paraît avoir prévalu maintenant dans les bonnes grâces du lecteur, car je vois qu'à l'heure actuelle il ne se repaît guère des amours plébéiennes ou bourgeoises, mais continue à savourer les hésitations de la marquise, allant rejoindre son tentateur dans un petit entresol dont l'aspect change suivant la mode tapissière du temps. Tombera? Tombera pas? cela s'intitule étude psychologique. Moi je veux bien.

J'avoue pourtant que, lorsqu'il m'arrive d'ouvrir un livre et que j'y aperçois l'éternelle séduction et le non moins éternel adultère, je m'empresse de le fermer, n'étant nullement désireux de connaître comment l'idylle annoncée finira. Le volume où il n'y a pas de documents avérés, le livre qui ne m'apprend rien ne m'intéresse plus.

Au moment où parut *À rebours*[2], c'est-à-dire en 1884, la situation était donc celle-ci : le naturalisme s'essoufflait à tourner la meule dans le même cercle. La somme d'observations que chacun avait emmagasinée, en les prenant sur soi-même et sur les autres, commençait à s'épuiser. Zola, qui était un beau décorateur de théâtre, s'en tirait en brossant des toiles plus ou moins précises; il suggérait très bien l'illusion du mouvement et de la vie; ses héros étaient dénués d'âme, régis tout bonnement par des impulsions et

---

1. Être à la coule : être au courant, averti.
2. La préface date de 1903.

des instincts, ce qui simplifiait le travail de l'analyse. Ils remuaient, accomplissaient quelques actes sommaires, peuplaient d'assez franches silhouettes des décors qui devenaient les personnages principaux de ses drames. Il célébrait de la sorte les halles, les magasins de nouveautés, les chemins de fer, les mines, et les êtres humains égarés dans ces milieux n'y jouaient plus que le rôle d'utilités et de figurants; mais Zola était Zola, c'est-à-dire un artiste un peu massif, mais doué de puissants poumons et de gros poings.

Italo Calvino (1923-1985)
Si par une nuit d'hiver un voyageur
(1979)

(trad. D. Sallenave et Fr. Wahl, Éditions du Seuil)

25. Invitation à la lecture
Calvino aborde de façon originale son lecteur. Loin des préfaces théoriques précédentes, le narrateur s'adresse directement au lecteur et l'installe le plus confortablement possible.

Tu vas commencer le nouveau roman d'Italo Calvino, *Si par une nuit d'hiver un voyageur*. Détends-toi. Concentre-toi. Écarte-toi de toute autre pensée. Laisse le monde qui t'entoure s'estomper dans le vague. La porte, il vaut mieux la fermer; de l'autre côté, la télévision est toujours allumée. Dis-le tout de suite aux autres : «Non, je ne veux pas regarder la télévision ! » Parle plus fort s'ils ne t'entendent pas : « Je lis ! Je ne veux pas être dérangé. » Avec tout ce chahut, ils ne t'ont peut-être pas entendu : dis-le plus fort, crie : « Je commence le nouveau roman d'Italo Calvino ! » Ou, si tu préfères, ne dis rien ; espérons qu'ils te laisseront en paix.

Prends la position la plus confortable : assis, étendu, pelotonné, couché. Couché sur le dos, sur un côté, sur le ventre. Dans un fauteuil, un sofa, un fauteuil à bascule, une chaise longue, un pouf. Ou dans un hamac, si tu en as un. Sur ton lit naturellement, ou dedans. Tu peux aussi te mettre la tête en bas, en position de yoga. En tenant le livre à l'envers, évidemment.

Il n'est pas facile de trouver la position idéale pour lire, c'est vrai. Autrefois, on lisait debout devant un lutrin. Se tenir debout, c'était l'habitude. C'est ainsi qu'on se reposait quand on était fatigué d'aller à cheval. Personne n'a jamais eu l'idée de lire à cheval ; et pourtant, lire bien droit sur ses étriers, le livre posé sur la crinière du cheval ou même fixé à ses oreilles par un harnachement spécial, l'idée te paraît plaisante. On devrait être très bien pour lire, les pieds dans des étriers ; avoir les pieds levés est la première condition pour jouir d'une lecture.

Bien, qu'est-ce que tu attends ? Allonge les jambes, pose les pieds sur un coussin, sur deux coussins, sur les bras du canapé, sur les oreilles du fauteuil, sur la table à thé, sur le bureau, sur le piano, la mappemonde. Mais, d'abord, ôte tes chaussures si tu veux rester les pieds levés ; sinon, remets-les. Mais ne reste pas là, tes chaussures dans une main et le livre dans l'autre.

Règle la lumière de façon à ne pas te fatiguer la vue. Fais-le tout de suite, car dès que tu seras plongé dans la lecture, il n'y aura plus moyen de te faire bouger. Arrange-toi pour que la page ne reste pas dans l'ombre : un amas de lettres noires sur fond gris, uniforme comme une armée de souris ; mais veille bien à ce qu'il ne tombe pas dessus une lumière trop forte qui, en se reflétant sur la blancheur crue du papier, y ronge l'ombre des caractères, comme sur une façade le soleil du sud, à midi. Essaie de prévoir dès maintenant tout ce qui peut t'éviter d'interrompre ta lecture. Si tu fumes : les cigarettes, le cendrier, à portée de main. Qu'est-ce qu'il y a encore ? Tu as envie de faire pipi ? À toi de voir.

Daniel Pennac (né en 1944)

Comme un roman (1992)

(Gallimard, Folio n° 2724)

26. Les droits imprescriptibles du lecteur
Quelles attitudes un lecteur doit-il adopter face à son livre ? Chacun développe sa propre pratique et exerce comme il l'entend sa liberté de lecture. La liste suivante rappelle les droits de chaque lecteur.

1) Le droit de ne pas lire.
2) Le droit de sauter des pages.
3) Le droit de ne pas finir un livre.
4) Le droit de relire.
5) Le droit de lire n'importe quoi.

6) Le droit au bovarysme[1].
7) Le droit de lire n'importe où.
8) Le droit de grappiller.
9) Le droit de lire à voix haute.
10) Le droit de nous taire.

Je m'en tiendrai arbitrairement au chiffre 10, d'abord parce que c'est un compte rond, ensuite parce que c'est le nombre sacré des fameux Commandements et qu'il est plaisant de le voir pour une fois servir à une liste d'autorisations.

Gustave Flaubert (1821-1880)

Madame Bovary (1857)

(Gallimard, Folioplus classiques n°33)

27. « Elle avait lu *Paul et Virginie* »

Emma Bovary a été élevée au couvent. C'est là qu'elle se grise de lectures romanesques et s'identifie pleinement aux héros conventionnels des romans « à l'eau de rose » de l'époque. Ce passage est essentiel pour comprendre le caractère et le destin de l'héroïne de Flaubert qui n'a jamais su vivre autrement que dans l'illusion. La lecture de ce passage nous amène également à nous poser la question suivante : existe-t-il des lectures réservées à un lectorat particulier, notamment aux femmes ?

---

1. Que l'auteur qualifie de « maladie textuellement transmissible » (voir texte 28).

Elle avait lu *Paul et Virginie* et elle avait rêvé la maisonnette de bambous, le nègre Domingo, le chien Fidèle, mais surtout l'amitié douce de quelque bon petit frère, qui va chercher pour vous des fruits rouges dans des grands arbres plus hauts que des clochers, ou qui court pieds nus sur le sable, vous apportant un nid d'oiseau.

Lorsqu'elle eut treize ans, son père l'amena lui-même à la ville, pour la mettre au couvent. Ils descendirent dans une auberge du quartier Saint-Gervais, où ils eurent à leur souper des assiettes peintes qui représentaient l'histoire de Mlle de La Vallière. Les explications légendaires, coupées çà et là par l'égratignure des couteaux, glorifiaient toutes la religion, les délicatesses du cœur et les pompes de la Cour.

Loin de s'ennuyer au couvent les premiers temps, elle se plut dans la société des bonnes sœurs, qui, pour l'amuser, la conduisaient dans la chapelle, où l'on pénétrait du réfectoire par un long corridor. Elle jouait fort peu durant les récréations, comprenait bien le catéchisme, et c'est elle qui répondait toujours à M. le vicaire dans les questions difficiles. Vivant donc sans jamais sortir de la tiède atmosphère des classes et parmi ces femmes au teint blanc portant des chapelets à croix de cuivre, elle s'assoupit doucement à la langueur mystique qui s'exhale des parfums de l'autel, de la fraîcheur des bénitiers et du rayonnement des cierges. Au lieu de suivre la messe, elle regardait dans son livre les vignettes pieuses bordées d'azur, et elle aimait la brebis malade, le Sacré-Cœur percé de flèches aiguës, ou le pauvre Jésus, qui tombe en marchant sous sa croix. Elle essaya, par mortification, de rester tout un jour sans manger. Elle cherchait dans sa tête quelque vœu à accomplir.

Quand elle allait à confesse, elle inventait de petits

péchés afin de rester là plus longtemps, à genoux dans l'ombre, les mains jointes, le visage à la grille sous le chuchotement du prêtre. Les comparaisons de fiancé, d'époux, d'amant céleste et de mariage éternel qui reviennent dans les sermons lui soulevaient au fond de l'âme des douceurs inattendues.

Le soir, avant la prière, on faisait dans l'étude une lecture religieuse. C'était, pendant la semaine, quelque résumé d'Histoire sainte ou les *Conférences*[1] de l'abbé Frayssinous, et, le dimanche, des passages du *Génie du christianisme*[2], par récréation. Comme elle écouta, les premières fois, la lamentation sonore des mélancolies romantiques se répétant à tous les échos de la terre et de l'éternité! Si son enfance se fût écoulée dans l'arrière-boutique d'un quartier marchand, elle se serait peut-être ouverte alors aux envahissements lyriques de la nature, qui, d'ordinaire, ne nous arrivent que par la traduction des écrivains. Mais elle connaissait trop la campagne; elle savait le bêlement des troupeaux, les laitages, les charrues. Habituée aux aspects calmes, elle se tournait, au contraire, vers les accidentés. Elle n'aimait la mer qu'à cause de ses tempêtes, et la verdure seulement lorsqu'elle était clairsemée parmi les ruines. Il fallait qu'elle pût retirer des choses une sorte de profit personnel; et elle rejetait comme inutile tout ce qui ne contribuait pas à la consommation immédiate de son cœur, – étant de tempérament plus sentimentale qu'artiste, cherchant des émotions et non des paysages.

Il y avait au couvent une vieille fille qui venait tous les

---

1. *Conférences* : ouvrage paru en 1823, dans lequel le christianisme est défendu contre l'anticléricalisme qui sévissait à la Révolution.
2. *Génie du christianisme* : œuvre de Chateaubriand parue en 1802.

mois, pendant huit jours, travailler à la lingerie. Protégée par l'archevêché comme appartenant à une ancienne famille de gentilshommes ruinés sous la Révolution, elle mangeait au réfectoire à la table des bonnes sœurs, et faisait avec elles, après le repas, un petit bout de causette avant de remonter à son ouvrage. Souvent les pensionnaires s'échappaient de l'étude pour l'aller voir. Elle savait par cœur des chansons galantes du siècle passé, qu'elle chantait à demi-voix, tout en poussant son aiguille. Elle contait des histoires, vous apprenait des nouvelles, faisait en ville vos commissions, et prêtait aux grandes, en cachette, quelque roman qu'elle avait toujours dans les poches de son tablier, et dont la bonne demoiselle elle-même avalait de longs chapitres, dans les intervalles de sa besogne. Ce n'étaient qu'amours, amants, amantes, dames persécutées s'évanouissant dans des pavillons solitaires, postillons qu'on tue à tous les relais, chevaux qu'on crève à toutes les pages, forêts sombres, troubles du cœur, serments, sanglots, larmes et baisers, nacelles au clair de lune, rossignols dans les bosquets, *messieurs* braves comme des lions, doux comme des agneaux, vertueux comme on ne l'est pas, toujours bien mis, et qui pleurent comme des urnes. Pendant six mois, à quinze ans, Emma se graissa donc les mains à cette poussière des vieux cabinets de lecture. Avec Walter Scott[1], plus tard, elle s'éprit de choses historiques, rêva bahuts, salle des gardes et ménestrels. Elle aurait voulu vivre dans quelque vieux manoir, comme ces châtelaines au long corsage, qui, sous le trèfle des ogives, passaient leurs jours, le coude sur la pierre et le menton dans la main, à regarder venir du fond de la cam-

---

1. Walter Scott : écrivain anglais (1771-1832) qui exerça une grande influence sur la littérature romantique.

pagne un cavalier à plume blanche qui galope sur un cheval noir. Elle eut dans ce temps-là le culte de Marie Stuart[1] et des vénérations enthousiastes à l'endroit des femmes illustres ou infortunées. Jeanne d'Arc, Héloïse[2], Agnès Sorel[3], la belle Ferronnière[4] et Clémence Isaure[5], pour elle, se détachaient comme des comètes sur l'immensité ténébreuse de l'histoire, où jaillissaient encore çà et là, mais plus perdus dans l'ombre et sans aucun rapport entre eux, saint Louis avec son chêne, Bayard mourant, quelques férocités de Louis XI, un peu de Saint-Barthélemy, le panache du Béarnais, et toujours le souvenir des assiettes peintes où Louis XIV était vanté.

À la classe de musique, dans les romances qu'elle chantait, il n'était question que de petits anges aux ailes d'or, de madones, de lagunes, de gondoliers, pacifiques compositions qui lui laissaient entrevoir, à travers la niaiserie du style et les imprudences de la note, l'attirante fantasmagorie des réalités sentimentales. Quelques-unes de ses camarades apportaient au couvent les *keepsakes*[6] qu'elles avaient reçus en étrennes. Il les fallait cacher, c'était une affaire ; on les lisait au dortoir. Maniant délicatement leurs belles reliures de satin, Emma fixait ses regards éblouis sur le nom des auteurs inconnus qui avaient signé, le plus souvent, comtes ou vicomtes, au bas de leurs pièces.

Elle frémissait, en soulevant de son haleine le papier de

---

1. Reine d'Écosse (1542-1567) dont le destin fut tragique.
2. Héloïse (1101-1164) est une femme célèbre pour l'amour passionnel qu'elle a vécu avec Abélard.
3. Agnès Sorel (1422-1450) a été la première maîtresse officiel d'un roi de France, en l'occurrence Charles VII.
4. La Belle Ferronnière fut la maîtresse de François Ier.
5. Clémence Isaure : poétesse légendaire du XIVe siècle.
6. Issu de l'anglais *keep for my sake* («garde en souvenir»). Recueil de poèmes ou de nouvelles richement illustré.

soie des gravures, qui se levait à demi plié et retombait doucement contre la page. C'était, derrière la balustrade d'un balcon, un jeune homme en court manteau qui serrait dans ses bras une jeune fille en robe blanche, portant une aumônière à sa ceinture ; ou bien les portraits anonymes des ladies anglaises à boucles blondes, qui, sous leur chapeau de paille rond, vous regardent avec leurs grands yeux clairs. On en voyait d'étalées dans des voitures, glissant au milieu des parcs, où un lévrier sautait devant l'attelage que conduisaient au trot deux petits postillons en culotte blanche. D'autres, rêvant sur des sofas près d'un billet décacheté, contemplaient la lune, par la fenêtre entrouverte, à demi drapée d'un rideau noir. Les naïves, une larme sur la joue, becquetaient une tourterelle à travers les barreaux d'une cage gothique, ou, souriant la tête sur l'épaule, effeuillaient une marguerite de leurs doigts pointus, retroussés comme des souliers à la poulaine. Et vous y étiez aussi, sultans à longues pipes, pâmés sous des tonnelles, aux bras des bayadères[1], djiaours[2], sabres turcs, bonnets grecs, et vous surtout, paysages blafards des contrées dithyrambiques, qui souvent nous montrez à la fois des palmiers, des sapins, des tigres à droite, un lion à gauche, des minarets tartares à l'horizon, au premier plan des ruines romaines, puis des chameaux accroupis ; – le tout encadré d'une forêt vierge bien nettoyée, et avec un grand rayon de soleil perpendiculaire tremblotant dans l'eau, où se détachent en écorchures blanches, sur un fond d'acier gris, de loin en loin, des cygnes qui nagent.

---

1. Bayadères : danseuses indiennes sacrées.
2. Djiaours : mot turc qui désigne de façon péjorative les incroyants.

Daniel Pennac
Comme un roman

28. Le droit au bovarysme
Pour Pennac, le bovarysme, bien que lecture de piètre qualité, ne doit pas être dénigré. Ces textes d'accès facile permettent au lecteur jeune d'éprouver les premiers plaisirs de la lecture.

Le droit au bovarysme
(maladie textuellement transmissible)

C'est cela, en gros, le « bovarysme », cette satisfaction immédiate et exclusive de nos *sensations* : l'imagination enfle, les nerfs vibrent, le cœur s'emballe, l'adrénaline gicle, l'identification opère tous azimuts, et le cerveau prend (momentanément) les vessies du quotidien pour les lanternes du romanesque...

C'est notre premier *état* de lecteur à tous.

Délicieux.

Mais passablement effrayant pour l'observateur adulte qui, le plus souvent, s'empresse de brandir un « bon titre » sous le nez du jeune bovaryen, en s'écriant :

– Enfin, Maupassant, c'est tout de même « mieux », non ?

Du calme... ne pas céder soi-même au bovarysme ; se dire qu'Emma, après tout, n'était elle-même qu'un personnage de roman, c'est-à-dire le produit d'un déterminisme où les causes semées par Gustave n'engendraient que les effets – tout *vrais* qu'ils fussent – souhaités par Flaubert.

En d'autres termes, ce n'est pas parce que ma fille collectionne les Harlequin qu'elle finira en avalant l'arsenic à la louche.

Lui forcer la main à ce stade de ses lectures, c'est nous couper d'elle en reniant notre propre adolescence. Et c'est la priver du plaisir incomparable de débusquer demain et par elle-même les stéréotypes qui, aujourd'hui, semblent la jeter hors d'elle.

Il est sage de nous réconcilier avec notre adolescence ; haïr, mépriser, nier ou simplement oublier l'adolescent que nous fûmes est en soi une attitude adolescente, une conception de l'adolescence comme maladie mortelle.

D'où la nécessité de nous rappeler nos premiers émois de lecteurs, et de dresser un petit autel à nos anciennes lectures. Y compris aux plus «bêtes». Elles jouent un rôle inestimable : nous émouvoir de ce que nous fûmes en riant de ce qui nous émouvait. Les garçons et les filles qui partagent notre vie y gagnent à coup sûr en respect et en tendresse.

Et puis, se dire aussi que le bovarysme est – avec quelques autres – la chose du monde la mieux partagée : c'est toujours chez l'autre que nous le débusquons. Dans le même temps que nous vilipendons la stupidité des lectures adolescentes, il n'est pas rare que nous œuvrions au succès d'un écrivain télégénique, dont nous ferons des gorges chaudes dès que la mode en sera passée. Les coqueluches littéraires s'expliquent largement par cette alternance de nos engouements éclairés et de nos reniements perspicaces.

Jamais dupes, toujours lucides, nous passons notre temps à nous succéder à nous-mêmes, convaincus pour toujours que madame Bovary c'est l'autre[1].

Emma devait partager cette conviction.

---

1. Flaubert a dit de son héroïne : «Madame Bovary, c'est moi.»

LE PLAISIR DE LA LECTURE

Les consignes d'écriture des éditions Harlequin

(article, journal Marie-Claire*)*

29. Comment écrire un roman à l'eau de rose ?

Les éditions Harlequin sont spécialisées dans les histoires « à l'eau de rose ». Pour répondre aux exigences de son lectorat essentiellement féminin, elles ont élaboré une charte d'écriture de leurs romans. Ici, c'est donc l'auteur qui se plie aux demandes des lecteurs, et non le contraire.

« Collection de romans féminins en format poche (caractéristiques des textes).

Décor : exotique, ce qui signifie aventures. Conviennent aussi bien : villas somptueuses, châteaux.

Personnages : Lui : riche aventurier idéaliste et généreux. Dur pour lui-même et pour les autres. Inabordable en dépit de sa séduction. Il est beau mais viril (ce qui le dispense de se raser dans le feu de l'action).

Elle : belle, volontaire, elle travaille souvent : peintre, grand reporter, romancière. Elle est fière et entière.

Un ou deux personnages secondaires servent de faire-valoir et de confidents (oncle, père). Des figurants en petit nombre, ce sont généralement des serviteurs. […]

Composition : on entre de plein fouet dans le récit. Suit un retour au passé qui expose la situation des personnages. Une règle d'or : un coup de théâtre prépare le dénouement du roman d'amour et du roman d'aventures. Finir chaque chapitre sur une interrogation (découpage feuilleton). Autre règle d'or : la narration est faite du point de vue de la jeune fille.

Style : phrases assez courtes, de préférence au passé, 75 % de dialogues rapides (important : les deux héros se vouvoient). Les 25 % restants se partagent entre les descriptions, l'action et la psychologie.

Scènes érotiques : à éviter à tout prix. Cependant, les deux héros doivent coucher dans la même pièce ou dans le même lit ; ils doivent échanger des baisers à leur insu – en dormant, par exemple – mais ces scènes doivent se produire contre leur volonté. Ces solutions sont toujours imposées par l'aventure qu'ils vivent et qui les oblige à endosser un rôle, celui d'époux, de préférence. À la fin du roman, lorsqu'ils se sont déclaré leur amour, un long baiser s'impose, mais il ne doit pas suggérer trop de choses.

Le lecteur doit rester persuadé que tout se passera lors de la nuit de noces. »

Jules Renard (1864-1910)

L'Écornifleur (1891)

(Gallimard, Folio n° 1167)

30. Bibliothèque idéale pour femme bourgeoise

Un écornifleur est un personnage qui vit aux dépens d'autrui. Dans ce roman, Henri, l'écornifleur, a réussi à s'im-

miscer dans la vie d'une famille bourgeoise assez naïve pour lui faire confiance et lui faire partager sa vie quotidienne. Le héros exerce une grande influence sur Madame Vernet, à qui il conseille les « bonnes » lectures.

DIRECTEUR DE CONSCIENCE LITTÉRAIRE

J'efface un à un les péchés de son goût.

MADAME VERNET. – Vous devriez me composer une petite bibliothèque qui me serait personnelle.

HENRI. – Volontiers.

MADAME VERNET. – Qu'y mettrez-vous ?

HENRI. – *Madame Bovary*, d'abord. C'est l'histoire d'une dame qui est un peu comme vous. Elle ne sait pas ce qu'elle veut et elle finit par en mourir.

MADAME VERNET. – Pauvre femme ! Est-ce bien écrit au moins ?

HENRI. – Assez bien comme ça, oui.

MADAME VERNET. – Et il n'y a pas de choses trop fortes ?

HENRI. – Des choses trop fortes ?

MADAME VERNET. – Des ordures, enfin, comme dans Zola.

HENRI. – Non, je vous le garantis. C'est propre comme votre âme, et d'un luisant ! Vous pourriez vous y mirer.

MADAME VERNET. – De qui est-ce ?

HENRI. – De Flaubert, madame. Flaubert Gustave.

MADAME VERNET. – Je connais. Vous m'en aviez souvent parlé. N'a-t-il pas fait un autre livre qui a un titre drôle, un titre qui m'a frappée : *La Tentation de saint Antoine* ? Ce doit être raide, hein ?

HENRI. – Très raide. Je ne vous le conseille pas : vous n'iriez point jusqu'au bout.

MADAME VERNET. – Et après, qu'y mettrez-vous ?

HENRI. – Un peu de Balzac ?

MADAME VERNET. – J'en ai lu. Les descriptions m'ont arrêtée. Est-ce qu'il y a des descriptions dans tous ses livres ?

HENRI. – On en trouve par-ci, par-là.

MADAME VERNET. – Alors pas de Balzac, si cela ne vous fait rien.

HENRI. – Ça m'est égal. Ce que j'en dis, c'est pour causer. D'ailleurs, je suis de votre avis. Les descriptions embrouillent ; on perd le fil : c'est agaçant.

MADAME VERNET. – Et après, qu'y mettrez-vous ?

HENRI. – C'est le corbillon[1] ! J'y mettrai un peu des Goncourt, un tout petit peu, pour donner du goût.

MADAME VERNET. – Je les connais aussi ceux-là. Vous ne faites qu'en parler. Deux frères qui s'aimaient bien, n'est-ce pas ?

HENRI. – Ils s'adoraient.

MADAME VERNET. – C'est gentil, lequel des deux est donc mort, déjà ?

HENRI. – Le plus jeune.

MADAME VERNET. – Lequel écrivait le mieux ?

HENRI. – Le plus jeune, naturellement, puisqu'il est mort.

MADAME VERNET. – Qu'est-ce que vous me donnerez des Goncourt ?

HENRI. – *Renée Mauperin*. C'est encore l'histoire d'une jeune fille qui ne sait pas ce qu'elle veut et qui en meurt.

MADAME VERNET. – Pauvre fille ! Ensuite.

HENRI. – Ensuite *Germinie Lacerteux* : c'est l'histoire d'une servante.

---

1. Le corbillon : jeu de société qui consiste à répondre immédiatement par une rime à la question suivante : « Que met-on dans mon corbillon ? »

MADAME VERNET. — Oh! non! pas de bonne. Ces gens-là savent-ils aimer?

HENRI. — Voulez-vous *Madame Gervaisais*? Cela se passe à Rome.

MADAME VERNET. — J'aime beaucoup les livres de voyage.

HENRI. — *Sœur Philomène*. Il s'agit d'une sœur d'hôpital.

MADAME VERNET. — Est-ce qu'il y a des tableaux de la souffrance humaine? Oui; alors, non. Je me trouverais mal à chaque instant. Qu'est-ce que nous prendrons de Zola?

HENRI. — Rien, à cause de votre odorat. Vous me demandez mon avis : je vous le donne.

MADAME VERNET. — Mais il faut du Zola dans une bibliothèque de choix. Je suis une femme mariée. La délicatesse a des bornes. Ne dirait-on pas que vous me prenez pour une petite fille? Je vous assure qu'il m'est tombé, par hasard, sous les yeux, quelques passages de *Germinal* et de *La Terre*, ceux qui ont fait le plus de bruit, et je ne les ai pas trouvés si étonnants! Et puis, en souvenir des beautés de premier ordre, il ne faut pas se montrer sévère pour les taches. Allons, accordez-moi quelques volumes de Zola!

HENRI. — Vous les aurez tous, chère femme de mon cœur.

Jean-Paul Sartre (1905-1980)

Les Mots (1964)

(Gallimard, Folio n° 607)

31. Le mystère de la lecture féminine
La grand-mère de Sartre ne lisait peut-être pas des Harlequin, mais chaque semaine elle observait le même rituel : elle allait emprunter des livres pour les lire le week-end. Ces lectures, incompréhensibles pour le grand-père Charles, créent pourtant une complicité entre les membres féminins du foyer.

Dans la chambre de ma grand-mère les livres étaient couchés ; elle les empruntait à un cabinet de lecture et je n'en ai jamais vu plus de deux à la fois. Ces colifichets[1] me faisaient penser à des confiseries de Nouvel An parce que leurs feuillets souples et miroitants semblaient découpés dans du papier glacé. Vifs, blancs, presque neufs, ils servaient de prétexte à des mystères légers. Chaque vendredi, ma grand-mère s'habillait pour sortir et disait : « Je vais *les* rendre » ; au retour, après avoir ôté son chapeau noir et sa voilette, elle *les* tirait de son manchon et je me demandais, mystifié : « Sont-ce les mêmes ? » Elle les « couvrait » soigneusement puis, après avoir choisi l'un d'eux, s'installait près de la fenêtre, dans sa bergère à oreillettes, chaussait ses besicles, soupirait de bonheur et de lassitude, baissait les paupières avec un fin sourire voluptueux que j'ai retrouvé depuis sur les lèvres de la Joconde ; ma mère se

---

1. Colifichet : objet de fantaisie sans grande valeur, babiole.

taisait, m'invitait à me taire, je pensais à la messe, à la mort, au sommeil : je m'emplissais d'un silence sacré. De temps en temps, Louise avait un petit rire; elle appelait sa fille, pointait du doigt sur une ligne et les deux femmes échangeaient un regard complice. Pourtant, je n'aimais pas ces brochures trop distinguées; c'étaient des intruses et mon grand-père ne cachait pas qu'elles faisaient l'objet d'un culte mineur, exclusivement féminin. Le dimanche, il entrait par désœuvrement dans la chambre de sa femme et se plantait devant elle sans rien trouver à lui dire; tout le monde le regardait, il tambourinait contre la vitre puis, à bout d'invention, se retournait vers Louise et lui ôtait des mains son roman : «Charles! s'écriait-elle furieuse, tu vas me perdre ma page!» Déjà, les sourcils hauts, il lisait; brusquement son index frappait la brochure : «Comprends pas! – Mais comment veux-tu comprendre? disait ma grand-mère : tu lis par-dedans!» Il finissait par jeter le livre sur la table et s'en allait en haussant les épaules.

Arrêt sur lecture 2

Le livre, une médiation nécessaire entre l'auteur et son lecteur

Le livre comme condition d'existence de l'écrivain

Le titre de ce paragraphe semble enfoncer une porte ouverte : sans publication sous forme de livre, un écrivain n'existe pas. Pourtant, cette affirmation n'est pas vaine quand, comme Ovide, le poète connaît l'exil politique : « Pour m'y rendre [à Rome], je n'ai que les pieds de mes vers. » (**16**) Le livre apparaît alors comme l'émissaire de l'auteur : il pénètre des lieux dans lesquels Ovide ne peut se rendre. D'autre part, le second poème (**17**) rappelle également l'indispensable présence du lecteur : sans celle-ci, le livre, et donc l'auteur, disparaissent. Ovide souligne habilement le sort fragile et pathétique de son livre en le personnifiant. Ainsi, l'existence même d'un livre ne suffit pas à faire exister son auteur ; le lecteur, en donnant vie aux mots, constitue le dernier et pourtant essentiel maillon de la chaîne.

Le livre, un objet différent pour l'auteur et le lecteur

Pourtant, comme le fait remarquer à juste titre Pascal Quignard (**18**), le livre, médiateur entre l'auteur et le lecteur, ne recouvre pas la même réalité pour ces deux personnes. Pour le premier, c'est l'aboutissement du travail de l'écriture, avec tout ce qu'il comporte de difficultés, d'errements et de recherches au brouillon. Pour le second, l'œuvre est un produit fini, typographique. Le texte s'accomplit dans et par l'acte de la lecture, mais le lecteur ne peut sentir tout le travail de l'auteur en amont : toute trace manuscrite, toute rature a disparu. C'est pourquoi Quignard parle de « métamorphose [...] entre une face imaginaire et toujours panoramique et un volume aux pages distinctes et injuxtaposables. La consécration de l'écriture n'équivaut pas à l'actualisation de la lecture ». Comment alors l'écrivain transmet-il à son public l'ambition artistique qui a dirigé son écriture ?

Des guides du savoir-lire : les préfaces

À quoi sert une préface ?
La préface relève du paratexte* et n'appartient pas directement au texte propre. Pourtant, nombre d'auteurs choisissent d'en rédiger une. Pratique littéraire ancienne, elle s'adresse au lecteur potentiel de l'œuvre et cherche à le séduire pour le mettre dans de bonnes dispositions. Pour ce faire, l'auteur met en place une stratégie argumentative relevant du convaincre ou du persuader. Dans le même temps, il engage et guide le lecteur dans sa lecture, en établissant un protocole susceptible de répondre aux questions suivantes : pourquoi lire ce livre ? comment le lire ?

La préface, un jeu de séduction
Jouer avec l'image du lecteur – Souvent, la préface met en scène des lecteurs. « Buveurs », « vérolés », « fous », tels sont les noms utilisés par Rabelais pour désigner les siens (**19**). Pourquoi les interpeller tel un marchand de foire ? Les premières lignes de ce prologue invitent ces lecteurs très particuliers – Rabelais ressent d'ailleurs le besoin de le préciser entre parenthèses : « car à vous non à autres sont dédiés mes écrits » – à participer à un grand festin, à l'image des banquets antiques. Dévaloriser ses lecteurs permet ici à l'auteur d'établir avec eux une cer-

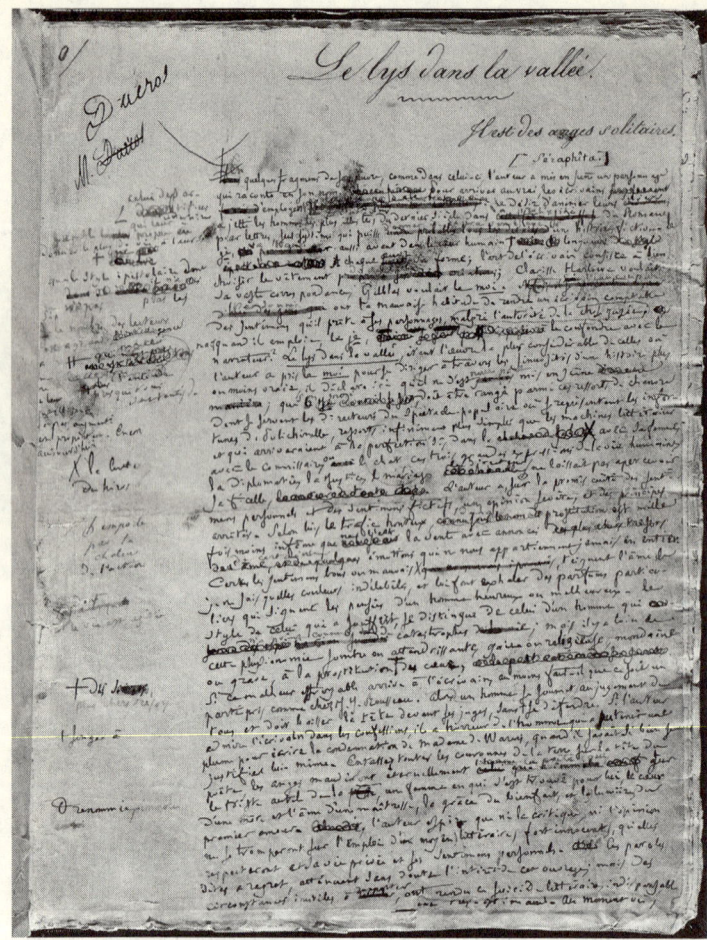

Lors de la rédaction d'une œuvre, l'auteur revient souvent sur son texte, l'affine, avant d'enfin le partager avec ses lecteurs. Ici, une page du manuscrit du *Lys dans la vallée* d'Honoré de Balzac, annotée par la main de l'auteur.

taine familiarité, une convivialité, et de les faire participer à cette grande fête que va être la lecture de *Gargantua*. Dans la « Préface du rédacteur », Laclos procède autrement (**20**). Il anticipe sur l'accueil probablement mauvais d'un certain public : « les hommes et les femmes dépravés », « les prétendus esprits forts » et « les personnes d'un goût délicat ». Il conseille surtout l'ouvrage aux femmes vertueuses et aux mères – après l'avoir éprouvé auprès d'une « bonne mère [...] qui a du bon esprit » – tout en le déconseillant aux jeunes gens. L'auteur choisirait-il ses lecteurs ? Quand on connaît l'histoire qui va nous être contée – les manigances de deux libertins machiavéliques à peine condamnés à l'issue du récit – on se rend vite compte que le récit ne peut que choquer les bonnes mères. Cette préface relève de la parodie : Laclos s'attaque aux conventions littéraires et sociales en semblant y souscrire. Ainsi, dès les premières lignes d'une préface qui fait déjà partie de la fiction, l'auteur met en place ce jeu de double masque emblématique de l'œuvre. Tout en mettant en garde le lecteur sur le contenu scandaleux de ces lettres, il flatte son penchant au voyeurisme et l'invite à la lecture.

Créer un lien entre l'auteur et son lecteur – Tout au long du travail de l'écriture, l'auteur envisage la présence du lecteur, au point qu'une familiarité, fictive, se crée. Ainsi, certains auteurs n'hésitent plus à s'adresser directement à leur lecteur. Le recours à la deuxième personne dans les textes de Rabelais (**19**) et de Calvino (**25**) le montre. Parfois, cette familiarité va beaucoup plus loin. Baudelaire conclut la préface des *Fleurs du mal* par la célèbre formule : « – Hypocrite lecteur, – mon semblable, – mon frère ! » (**21**). Le poète rêve ici d'une fraternité avec son lecteur. La première personne du pluriel, utilisée à de nombreuses reprises, cherche à établir une complicité de caractère entre les deux personnages : ils semblent partager tous les vices évoqués dans le poème. On comprend qu'un tel déchaînement d'horreurs ait pu choquer le lecteur du XIXe siècle, peu habitué à une telle violence. Pour le poète maudit qu'incarne Baudelaire, le lecteur apparaît comme un être vicieux appartenant à la même espèce que lui. Dans ces conditions, il n'a rien à lui prouver puisqu'ils appartiennent au même monde.

Surprendre le lecteur – Ainsi, comme dans une scène de séduction, l'auteur joue avec son image et celle du lecteur pour lui plaire. Mais c'est en général l'effet de surprise qui apparaît comme le plus efficace pour susciter la curiosité du lecteur. D'emblée, Rabelais fait le choix de faire rire son lecteur, en mélangeant les tons et les registres. Baudelaire quant à lui cherche à le choquer, à le provoquer par la violence de ses propos. Maupassant enfin n'hésite pas à dérouter son destinataire, pour en trouver de nouveaux. Dans sa préface à *Pierre et Jean* (**22**), l'écrivain ne semble plus supporter ce lecteur qui recherche essentiellement l'émotion immédiate ; il l'interpelle pour lui demander de s'élever à une nouvelle dimension de la lecture : réflexion et plaisir esthétique. On comprend que cela ait pu en perturber certains… Dans tous les cas, l'auteur cherche à créer une relation particulière avec son lecteur, voire même personnelle. La façon dont le lecteur reçoit et accepte (ou refuse) l'image que l'auteur lui renvoie conditionne son état d'esprit au seuil de la lecture.

à vous…

1 – Analysez les niveaux de langue utilisés dans le prologue de *Gargantua*. Pourquoi peut-on dire que Rabelais mélange les tons et les registres pour captiver son lecteur ?

Invitations à la lecture
Lire dans de bonnes conditions – L'incipit du roman d'Italo Calvino (**25**) se distingue des autres textes parce que, au lieu de proposer un mode d'emploi pour la lecture de son roman, il insiste sur ses conditions matérielles : une bonne lecture, c'est-à-dire une véritable rencontre avec le texte, ne peut se faire que dans des circonstances particulières. L'auteur conseille à son lecteur l'isolement : « Je lis ! Je ne veux pas être dérangé ! » Le corps doit également avoir trouvé une position confortable qui lui permette l'immobilité. Enfin, l'éclairage du texte revêt une importance toute particulière : « Règle la lumière de façon à ne pas te fatiguer la vue. » Ainsi, l'auteur se montre très attentif aux conditions

mêmes de la lecture pour éviter que celle-ci ne soit interrompue de quelconque manière.

La confiance en un lecteur intelligent – Rabelais l'humaniste, tout en dénigrant finalement gentiment son lecteur, fait confiance en son intelligence et à sa culture – les références à Socrate et à Pythagore sont significatives à cet égard (**19**). Gargantua ne doit pas être jugé sur son apparence ; il faut décrypter son sens caché : « Car vous-mêmes dites que l'habit ne fait point le moine : [...] et tel est vêtu de cape espagnole, qui en son courage nullement affiert à Espagne. » C'est pourquoi il faut ouvrir le livre et peser soigneusement ce qui y est exposé. Le lecteur doit donc adopter une position active s'il veut goûter la « substantifique moelle » de cet ouvrage. En réfléchissant avant de juger, il se fera philosophe : atteindre et aimer la sagesse, c'est avant tout savoir risquer une interprétation. Voilà ce qu'attend Rabelais de ces « bons disciples ».

à vous...

2 – Qu'attend Maupassant de son lecteur ?

Le livre, un lieu de confrontation permanente

La liberté de l'auteur

Quand on lit la liste d'impératifs qui ouvrent la préface de *Pierre et Jean*, il semble tout à fait légitime de se poser la question de la liberté de création de l'auteur : un auteur doit-il répondre seulement aux attentes de ses lecteurs ? C'est un débat qui a animé le XIXe siècle, le grand siècle du roman. Maupassant et Huysmans évoquent tous deux les attentes de leur public : « le roman se pouvait résumer en ces quelques lignes : savoir pourquoi monsieur Un tel commettait ou ne commettait pas l'adultère avec madame Une telle » (**24**). Il leur semble d'ailleurs bien difficile de sortir de ce carcan puisqu'ils s'en justifient dans des préfaces.

Pour renouveler le genre romanesque, les auteurs choisissent d'aller à l'encontre de la dictature des goûts des lecteurs : « Contester le droit d'un écrivain de faire une œuvre poétique ou une œuvre réaliste, c'est vouloir le forcer à modifier son tempérament, récuser son originalité, ne pas lui permettre de se servir de l'œil et de l'intelligence que la nature lui a donnés. » (**22**) Ainsi, l'écrivain, s'il veut maintenir les exigences esthétiques qui sont les siennes, doit bien souvent s'affranchir des goûts du public, voire même ne pas en tenir compte. Combien d'œuvres majeures ont été incomprises à leur parution !

La liberté du lecteur

Si l'auteur utilise généralement la préface pour inviter son lecteur à lire de telle ou telle manière son œuvre, Daniel Pennac rappelle que ce ne sont là que des indications. Le lecteur est libre de mener sa lecture comme il l'entend. Il est parfois difficile de s'affranchir de l'autorité du texte, mais il ne faut pas hésiter à le faire. Le plaisir de la lecture prime avant toute chose. Libre donc à vous de parcourir les pages comme bon vous semble, de lire où vous voulez et de la manière qui vous convient le mieux. Le lecteur ne doit pas se sentir obligé de suivre la voie indiquée par l'auteur. Notons d'ailleurs que la richesse d'une œuvre vient avant tout de ses multiples lectures et interprétations à travers le temps. Se restreindre au protocole de lecture suggéré par l'auteur réduirait l'intérêt même du texte.

à vous...

3 – La liste des droits imprescriptibles du lecteur de Pennac (texte 26) vous semble-t-elle complète ? Quels autres droits ajouteriez-vous ?

Des romans pour les filles ?

Les clichés ont la vie dure

Existerait-il des romans exclusivement destinés aux filles et d'autres exclusivement aux garçons ? Cette idée que certaines œuvres sont réservées à un groupe particulier semble aussi vieille que la littérature elle-même. Imaginons un jeune homme prenant un grand risque : il lit paisiblement un « Harlequin » sur un banc public. Les passants, qui ont remarqué le titre de son livre, lui jettent des coups d'œil étonnés, voire méprisants. L'idée que le livre lu reflète une partie de la personnalité étant admise, ce jeune homme pourrait alors passer pour efféminé. En tout cas, cette lecture ne sied pas à son sexe. Ainsi, on rattache souvent un lecteur à un groupe donné en fonction du livre qu'il lit. Et, donc, en attribuant un genre spécifique à un groupe de lecteurs, on en exclut les autres, qui ne semblent pas avoir le droit d'accéder à cette lecture. Comment se positionner alors ? Ignorance, rejet ou attirance – au point de s'adonner à ces lectures compromettantes en cachette ?

Qu'est-ce que le bovarysme ?

« Satisfaction immédiate et exclusive de nos sensations : l'imagination enfle, les nerfs vibrent, le cœur s'emballe, l'adrénaline gicle, l'identification opère tous azimuts, et le cerveau prend (momentanément) les vessies du quotidien pour les lanternes du romanesque... » : Pennac définit ainsi le bovarysme (**28**). Cette pratique doit son nom à la plus célèbre héroïne de Flaubert : Emma Bovary. Dans un passage non moins célèbre, Flaubert met en scène son personnage en train de lire des romans sentimentaux. L'écrivain s'amuse à pasticher ces ouvrages et laisse Emma vibrer d'émotions. Si celle-ci se réfugie dans des histoires d'amour romantiques, c'est pour oublier son quotidien terne et sans intérêt. Ces lectures apparaissent également comme les plus aisées pour une adolescente. La lectrice s'identifie facilement aux héroïnes et peut se laisser gagner par l'émotion :

> Elle aurait voulu vivre dans quelque vieux manoir, comme ces châtelaines au long corsage, qui, sous le trèfle des ogives, passaient leurs jours, le coude sur la pierre et le menton dans la main, à regarder

venir du fond de la campagne un cavalier à plume blanche qui galope sur un cheval noir.

à vous…

4 – Comparez les textes 27 (Flaubert) et 29 (les consignes d'Harlequin). Le contenu des romans à l'eau de rose a-t-il évolué en un siècle ? Justifiez votre réponse.

5 – Faites la lecture analytique du texte de Flaubert (texte 27).

6 – Écriture : écrivez une courte nouvelle en respectant les règles imposées par les éditions Harlequin. Que pensez-vous du résultat ?

Lectures féminines

Perspective historique – Si Flaubert se moque ainsi de son héroïne, c'est aussi parce qu'elle reflète ce cliché que les femmes ne seraient friandes que d'amours princières interdites. Cette idée n'est pas nouvelle. Dès l'Antiquité grecque, on trouve des histoires destinées à un public féminin. Galanterie et légèreté les caractérisent : on y rencontre déjà un héros et une héroïne bien nés mais soudainement accablés par un malheur. L'histoire se termine toujours bien, du moment que la chasteté ou la virginité de la jeune fille a pu être préservée. Ces genres de lectures se poursuivent tout au long de l'histoire de la littérature ; il suffit de considérer les titres proposés par l'écornifleur de Jules Renard à la trop naïve Madame Vernet (**30**). N'oublions cependant pas que des plumes féminines célèbres se sont nourries de ces lectures pour produire des œuvres d'une sensibilité tout autre, que ce soit Mme de La Fayette ou Jane Austen. Dans tous les cas, ces lecture reflètent l'exclusion de la société vécue par les femmes des siècles durant. Cantonnées à leur rôle de maîtresse de maison ou de représentation au côté de leur mari, elles ont trouvé dans la lecture un moyen d'échapper à un quotidien ennuyeux. Elles ont par la même occasion établi une communauté de lectrices, finalement peu accessible aux hommes.

La peinture représente beaucoup plus de lectrices que de lecteurs. Dans ce tableau de Georges Croegaert, *La Liseuse*, cette femme alanguie, confortablement installée sur les coussins de son canapé, plonge dans les délices d'un livre : à votre avis, s'agit-il d'un essai scientifique, ou d'un roman dit « de femme » ?

Le secret de la lecture féminine – Peu de peintres ont représenté un homme lisant. Dans la grande majorité des cas, c'est un personnage féminin. La contemplation d'une lectrice invite à l'apaisement. En même temps, c'est un moment où elle n'est pas réceptive au monde extérieur ; elle est tournée vers elle-même, vers ses émotions. Le peintre n'a donc pas d'emprise sur le sujet qu'il représente et qui lui échappe. Et cette part de mystère, d'inaccessible, semble le fasciner. Sartre souligne cette énigme de la lecture féminine quand il évoque sa grand-mère qui, chaque semaine, obéit au même rituel (**31**) : elle se rend à un cabinet de lecture pour emprunter deux volumes. La lecture de ces ouvrages semble plonger la grand-mère dans un silence voluptueux. Elle partage parfois ce plaisir avec sa fille. Aucune parole ne semble nécessaire : ce genre de lecture crée immédiatement une complicité intime entre les deux femmes. Mais ce qu'il faut surtout souligner dans cet extrait, c'est l'attitude des deux personnages masculins. Le petit garçon et le grand-père se trouvent exclus de cette lecture, le premier de par sa jeunesse, le second de par son mépris pour de telles œuvres. En même temps, cet épisode souligne l'originalité de la lecture féminine, capable de saisir des émotions étrangères au monde masculin.

L'auteur et le lecteur entretiennent donc l'un envers l'autre des rapports complexes. Ils s'enrichissent mutuellement de leurs expériences. C'est la raison pour laquelle il ne faut pas s'enfermer dans un type de lecture, ni s'en tenir à des jaquettes aux couleurs codées et commerciales. Choisissez vos livres par hasard ou en connaissance de cause, mais surtout sans a priori ; vous vous réservez ainsi de grands moments de lecture.

Miguel de Cervantès (1547-1616)

Don Quichotte de la Manche (1605-1615)

(trad. César Oudin, revue par Jean Cassou, Gallimard, Folio n° 1900)

32. « De la condition et des occupations du fameux gentilhomme don Quichotte de la Manche »
Entrons dans le plus célèbre roman de l'écrivain espagnol Cervantès, Don Quichotte. *Le récit s'ouvre sur le portrait du héros.*

Il faut donc savoir que le temps que notre susdit[1] gentilhomme était oisif (qui était la plupart de l'année), il s'adonnait à lire des livres de chevalerie avec tant d'affection et de goût qu'il oublia quasi entièrement l'exercice de la chasse et même l'administration de ses biens, et passa si avant sa curiosité et folie en cela qu'il vendit plusieurs

---

1. Susdit : dont on a parlé précédemment.

minots[1] de terre de froment pour acheter des livres de chevalerie, et ainsi en porta à la maison autant qu'il en put trouver ; mais, d'entre tous, pas un ne lui semblait si beau que ceux que composa le fameux Félician de Silva, parce que la clarté de leur prose et leurs raisons embrouillées étaient perles à ses yeux, et plus encore quand il venait à lire ces belles paroles d'amour et cartels[2] de défi, là où en plusieurs endroits il trouvait écrit : *La raison de la déraison qui se fait à ma raison de telle sorte affaiblit ma raison qu'avec raison je me plains de votre beauté;* et aussi quand il lisait : *Les beaux cieux qui de votre divinité divinement vous fortifient avec les étoiles et vous rendent méritante du mérite que mérite votre grandeur.*

Avec ces belles raisons, le pauvre chevalier perdait le jugement[3], et se travaillait pour les entendre et en arracher le sens des entrailles, lequel n'eût pu tirer ni entendre Aristote[4] même, s'il fût ressuscité à ce seul effet. Il n'était pas fort bien d'accord des coups et blessures que don Bélianis donnait et recevait : car il s'imaginait que, pour habiles que fussent les chirurgiens qui l'avaient pansé, il ne se pouvait faire que le visage et tout le reste du corps ne lui demeurassent pleins de cicatrices et de marques. Nonobstant tout cela, il louait fort son auteur de ce qu'il achevait son livre par la promesse de cette aventure qui ne se pouvait mettre à fin, et plusieurs fois il lui vint un désir de prendre la plume et la terminer selon qu'il est dit là et comme il se promet, et sans aucun doute il l'eût fait, même en fût venu à bout, si d'autres plus grandes et continuelles

---

1. Minot : surface de terrain qu'on pouvait ensemencer avec un minot de grain. Le minot est une mesure ancienne pour les graines et farines.
2. Cartel : carte par laquelle on provoquait quelqu'un en duel.
3. Jugement : raison.
4. Aristote : célèbre philosophe grec de l'Antiquité.

pensées ne l'en eussent empêché. Il eut souventefois dispute avec le curé du pays (qui était homme savant et gradué à Sigüenza[1]) sur ce point, savoir : qui avait été meilleur chevalier, Palmerin d'Angleterre[2], ou Amadis de Gaule[3]; mais maître Nicolas, barbier du même village, disait que pas un n'approchait du chevalier de Phébus, et que, si quelqu'un lui pouvait être comparé, c'était don Galaor, frère d'Amadis de Gaule, parce qu'il était d'une humeur qui s'accommodait bien à tout, et qu'il n'était pas si mignard[4] ni si grand pleurard comme son frère, et que, pour le regard de la vaillance, il ne lui en devait rien.

En résumé, il s'embarrassa tant en sa lecture qu'il y passait les nuits tout entières, du soir au matin, et les jours du matin jusqu'au soir. Et par ainsi du peu dormir et beaucoup lire, son cerveau se sécha de telle sorte qu'il en vint à perdre le jugement. Il emplit sa fantaisie de tout ce qu'il lisait en ses livres, tant des enchantements comme des querelles, batailles, défis, blessures, passions, amours, tourments et extravagances impossibles; et il lui entra tellement en l'imagination que toute cette machine de songes et d'inventions qu'il lisait était vérité que pour lui il n'y avait autre histoire plus certaine en tout le monde. Il disait que le Cid Ruy Diaz[5] avait été fort bon chevalier, mais qu'il n'y avait point de comparaison de lui au chevalier de l'Ardente Épée[6], lequel d'un seul revers avait coupé par moitié deux fiers et démesurés géants. Il était mieux

---

1. Notation ironique : Sigüenza est une toute petite ville.
2. *Palmerin d'Angleterre* est le titre d'un roman de chevalerie.
3. *Amadis de Gaule* est un célèbre roman de chevalerie composé vers le XIVe siècle. Amadis joue en Espagne un rôle analogue au roi Arthur en France.
4. Mignard : mièvre (terme péjoratif).
5. Le cid Rhuy Diaz : chevalier de Castille.
6. Le chevalier de l'Ardente épée est Amadis de Gaule.

d'accord avec Bernard del Carpio[1], parce qu'à Roncevaux il avait tué Roland l'enchanté, usant de l'industrie d'Hercule quand il étouffa entre ses bras Antée, fils de la Terre. Il disait tout plein de bien de Morgant le géant[2], parce qu'encore qu'il fût de cette race des géants qui tous sont superbes et mal courtois, lui seul était affable et bien appris. Mais surtout il était bien avec Renaud de Montauban[3] et principalement lorsqu'il le voyait sortir de son château et voler tous ceux qu'il rencontrait, et quand au pays de par-delà il déroba l'idole de Mahomet, qui était toute d'or, selon que son histoire le raconte. Il eût volontiers donné sa gouvernante et même sa nièce par-dessus afin d'administrer une bonne volée de coups de pied à ce traître de Ganelon.

Enfin, son jugement étant tout à fait perdu, il vint à tomber en la plus étrange pensée où jamais tomba fol au monde ; ce fut qu'il lui sembla être fort à propos et nécessaire, tant pour l'accroissement de son honneur que pour le service de la république, qu'il se fît chevalier errant, et qu'il s'en allât par tout le monde avec ses armes et son cheval pour chercher les aventures et s'exercer en tout ce qu'il avait lu que les chevaliers errants s'exerçaient, remédiant à toutes sortes d'injures et de griefs, et se mettant en des occasions et dangers d'où, en les mettant à fin, il acquît une perpétuelle renommée. Le pauvre homme s'imaginait déjà être, par la valeur de son bras, couronné pour le moins empereur de Trébizonde[4], et, ainsi plongé en ces agréables pensées et emporté de l'étrange contentement qu'il sentait

---

1. Bernard del Carpio : héros castillan du IXe siècle, vainqueur de Roland.
2. *Morgant le géant* est une œuvre de Luigi Pulci (XVe siècle), version burlesque des romans de chevalerie.
3. *Renaud de Montauban*, roman de chevalerie du XIIe siècle.
4. Trébizonde fut l'éphémère capitale, sur la mer Noire, de l'Empire byzantin.

en icelles[1], il hâta d'effectuer ce que tant il désirait. La première chose qu'il fit fut de nettoyer des armes qui avaient été à ses bisaïeux, lesquelles, depuis plusieurs siècles, ayant été oubliées en un coin, étaient toutes rouillées et pleines de moisissure. [...]

Il alla à l'heure même voir son roussin[2], et, encore qu'il eût plus d'infirmités en ses quartiers que le réal[3] n'a lui-même de quarts, et plus de taches que le cheval du bouffon Gonnelle[4], *cui tantum pellis et ossa fuit*, néanmoins il lui sembla que ni le Bucéphale, cheval d'Alexandre, ni Babieca, celui du Cid, ne s'égalaient point à lui. Il passa quatre jours à s'imaginer quel nom il lui imposerait, parce que, selon qu'il se persuadait lui-même, ce n'était pas raison que le cheval d'un chevalier si fameux et qui de soi était si bon demeurât sans avoir un nom remarquable, et par ainsi il tâchait de lui en accommoder un de telle sorte qu'il déclarât quel il avait été devant qu'il fût un chevalier errant et quel il était pour lors. Car il était raisonnable que, son seigneur changeant de condition, il changeât aussi de nom, et le prît fameux et retentissant, tel qu'il convenait au nouvel ordre et nouvel exercice dont il faisait déjà profession ; et ainsi, après plusieurs noms qu'il forma, effaça et ôta, ajouta, défit et refit en sa mémoire et imagination, enfin il vint à le nommer Rossinante, nom, à son avis, haut, sonore, et significatif de ce qu'il avait été quand il fut roussin auparavant, et de ce qu'il était à présent, qui était devant et le premier de tous les roussins du monde.

Ayant imposé le nom à son cheval tant à son goût et

---

1. En icelles : en celles-ci.
2. Roussin : cheval.
3. Réal : ancienne monnaie espagnole.
4. Gonnelle : bouffon célèbre pour ses nombreuses et burlesques aventures vécues avec son cheval.

contentement, il en voulut aussi prendre un pour soi-même, et en cette pensée il passa huit autres jours, et enfin se vint à appeler don Quichotte[1]; d'où, comme dit est, les auteurs de cette tant véritable histoire ont pris sujet de dire que sans doute il se devait appeler Quixade, et non pas Quesada, comme d'autres l'ont voulu assurer; mais, se souvenant que le valeureux Amadis ne s'était pas contenté de s'appeler seulement et simplement Amadis, mais qu'il y avait ajouté le nom de son royaume et de sa patrie pour la rendre plus fameuse, s'appelant Amadis de Gaule, aussi voulut-il, comme bon chevalier, ajouter au sien le nom de son pays et s'appeler don Quichotte de la Manche, par où, à son avis, il déclarait fort clairement sa race et sa patrie, et l'honorait beaucoup en prenant le surnom d'icelle.

(première partie, chapitre 1)

Miguel de Cervantès

Don Quichotte

33. «De la fameuse aventure de la barque enchantée»
Après ce portrait, on aura compris que don Quichotte est incapable de distinguer la fiction de la réalité : il déchiffre le monde comme un roman de chevalerie. Le résultat s'avère catastrophique, et surtout comique. Voici un extrait révélateur de la folie de ce personnage. Don Quichotte et

---

1. Quichotte : *quixotte*, pièce du harnais qui couvre les cuisses.

Sancho Pança, son fidèle écuyer, longent le fleuve de l'Èbre.

Comme ils eurent marché quelque temps le long de ce rivage, il s'offrit à leur vue un petit bateau sans rames et sans aucun cordage, attaché sur la rive, à un tronc d'arbre. Don Quichotte regarda de tous côtés, et, n'apercevant personne, sans autre cérémonie, descendit de Rossinante et commanda à Sancho d'en faire autant de son grison et d'attacher les deux animaux à un peuplier ou saule qui était proche du bateau. Sancho lui demanda pourquoi il fallait descendre si soudain et attacher ainsi les montures. « Il faut que tu saches, Sancho, répondit don Quichotte, que ce bateau que tu vois là, justement et sans qu'il puisse y avoir autre chose, m'appelle et me convie d'entrer dedans, afin d'aller secourir quelque chevalier, ou quelque autre personne de marque qui est en nécessité, et doit être mise en quelque grande affliction. Car c'est la marche ordinaire de ces livres d'histoires chevaleresques et des enchanteurs qui s'en mêlent et y convergent : quand quelque chevalier est réduit en cette extrémité et qu'il n'en peut être tiré que par l'aide et le secours d'un autre chevalier, quoiqu'ils soient éloignés l'un de l'autre de plus de deux ou trois mille lieues et même davantage, les magiciens, ou bien l'enlèvent en une nuée, ou lui envoient un bateau où il entre, et en moins d'un clin d'œil l'emportent par l'air ou par la mer, au lieu qu'il leur plaît et où l'on a besoin de son aide. De sorte, Sancho, que ce bateau est mis ici pour le même effet, et ce que je te dis est aussi vrai qu'il est maintenant jour. Avant donc que la nuit vienne, attache ensemble Rossinante et le roussin, et à la grâce de Dieu qui nous conduise. Quant à moi, je ne laisserai pas de m'y embarquer, quand tous les moines déchaussés me demanderaient de ne le point faire. – Puisque ainsi est, répondit Sancho Pança, et que vous voulez vous jeter à chaque pas en ces aventures, que je ne sais si je dois appeler extravagances, il n'y a qu'à obéir et baisser la tête, suivant le proverbe : fais ce que ton maître te commande, et mets-toi à table avec lui. Mais avec tout cela, pour la décharge de ma conscience, je veux avertir Votre Grâce qu'un pareil bateau ne me semble pas être du genre des barques enchantées, mais bien appartenir à des pêcheurs de cette rivière, où l'on pêche les meilleures aloses du monde.»

Sancho tenait ce discours tout en attachant les deux bêtes qu'il laissa sous la garde et protection des enchanteurs, à la grande douleur de son âme. Don Quichotte lui dit qu'il ne se chagrinât point d'abandonner ainsi ces animaux, puisque celui qui devait conduire leurs maîtres par des routes et des zones si lointaines aurait soin de les nourrir. «Je n'entends point[1] ce mot de zones, dit Sancho Pança, et je n'en ai jamais ouï parler. – Ce mot, répliqua don Quichotte, veut dire contrées ; mais ce n'est pas merveille que tu ne l'entendes pas : tu n'es pas obligé d'entendre le latin, comme d'aucuns qui croient le savoir, et n'y entendent rien. – Ils sont déjà attachés, dit Sancho, qu'avons-nous maintenant à faire ? – Quoi ? dit don Quichotte. Nous signer et à lever l'ancre, je veux dire nous embarquer et couper l'amarre avec laquelle ce bateau est attaché.» Ce disant, il se jeta dedans d'un saut, et Sancho après, et coupa la corde, et le bateau dériva peu à peu, s'éloignant du rivage. […]

Sur ce, ils découvrirent de grands moulins qui étaient au

---

1. Je n'entends point : je ne comprends pas.

milieu de la rivière, et à peine don Quichotte les eut-il vus qu'il dit tout haut à Sancho : «Tu vois? Oh! mon ami, voici que nous découvrons déjà la cité, le château ou la forteresse où doit être quelque chevalier opprimé, ou bien quelque reine, infante ou princesse maltraitée; et j'ai été conduit ici pour les secourir. – De quelle cité, de par tous les diables, de quelle forteresse ou de quel château parle votre Grâce? répliqua Sancho. N'est-il pas aisé à voir que ce sont des moulins à blé qui sont installés sur le courant et qu'on y fait de la farine? – Tais-toi, Sancho, dit don Quichotte; car, encore que ces choses te semblent être des moulins, elles n'en sont pas pourtant; et je t'ai déjà dit que les enchanteurs changent et transforment toutes les choses hors de leur naturel. Je ne veux pas dire qu'ils les changent réellement, mais qu'ils font de telle sorte que cela semble être changé. Tu en as vu l'exemple en ma Dulcinée, unique refuge de mes espérances.»

Cependant le bateau, qui était entré dans le milieu du courant de la rivière, commença de voguer non plus aussi doucement qu'il avait fait jusque-là. Les meuniers maîtres de ces moulins, qui virent venir ce bateau sur la rivière, qui s'allait jeter dans le courant où étaient les roues, sortirent promptement avec des grandes perches pour l'arrêter. Et, comme ils sortaient enfarinés, le visage et les vêtements tout couverts de poussière de mouture, ils avaient assez mauvaise mine. Ils poussaient de grands cris, en disant : «Où allez-vous, diables d'hommes? Êtes-vous désespérés? Que voulez-vous faire? Vous noyer et vous faire mettre en pièces par ces roues? – Ne t'ai-je pas dit, Sancho, dit en ce moment don Quichotte, que nous étions arrivés en un lieu où il faut que je montre jusqu'où va la valeur de mon bras? Regarde que de brigands et de voleurs qui me viennent à l'encontre. Vois combien de malandrins et de félons se viennent opposer à ma valeur, combien de monstres nous viennent menacer, combien de vilaines figures nous font les croque-mitaines. Vous allez voir, coquins!» dit-il en se levant tout debout dans le bateau. Et alors il commença de menacer les meuniers en leur criant : «Laissez, canaille maudite et plus mal conseillée, laissez, dis-je, en liberté et franc arbitre la personne que vous détenez par force en votre forteresse et obscure prison, que cette personne soit de noble ou de basse extraction : car je suis don Quichotte de la Manche, autrement nommé le *Chevalier des Lions*, celui qui est appelé par l'ordre des cieux à mettre heureusement à fin cette aventure!» Ce disant, il mit la main à l'épée, dont il s'escrimait en l'air, en menaçant les meuniers.

Ces hommes, entendant sans les comprendre toutes ces folies, ne laissèrent pas, avec leurs grandes perches, de retenir le bateau qui allait déjà entrer dans le courant et dans le canal des roues. Sancho, à genoux, priait humblement le Ciel qu'il le délivrât d'un danger si évident, et le Ciel le fit grâce à l'industrie[1] et à l'adresse des meuniers, qui détournèrent le bateau avec leurs perches ; mais ils ne purent pas si bien faire qu'ils ne missent le bateau sens dessus dessous, et que don Quichotte et Sancho n'allassent dans l'eau. Bien en prit à don Quichotte de savoir nager comme un canard ; néanmoins, le poids des armes l'emporta deux fois au fond de l'eau, et, n'eussent été les meuniers qui se mirent à l'eau et les tirèrent tous deux comme des ballots, c'eût été pour tous deux le dernier jour de Troie. Enfin, ayant été tirés à terre plutôt trempés que

---

1. L'industrie : la manœuvre.

morts de soif, Sancho, à genoux, à mains jointes et les yeux levés au ciel, fit à Dieu longue et dévote oraison que dorénavant il le délivrât des hasardeuses fantaisies et des entreprises de son maître. Sur ce, les pêcheurs à qui le bateau appartenait survinrent, et, voyant leur barque que les roues avaient mise en pièces, commencèrent à déshabiller Sancho et à sommer don Quichotte de la leur payer.

Don Quichotte, avec un aussi grand calme que si rien ne lui fût arrivé de toute la journée, dit aux meuniers et pêcheurs qu'il payerait très volontiers et de bon cœur, pourvu qu'ils rendissent la liberté sans caution à la personne ou aux personnes qu'ils détenaient par force dans leur château. – De quelles personnes ou de quel château parles-tu, répliqua l'un des meuniers, homme sans jugement ? Veux-tu par hasard emmener ceux qui viennent moudre à ces moulins ? – Il suffit, dit alors don Quichotte entre ses dents. Ce serait prêcher au désert que de vouloir réduire par prières cette canaille à quelque action vertueuse, et il faut qu'en cette aventure il se soit rencontré deux grands enchanteurs dont l'un empêche ce que l'autre veut faire : l'un m'a envoyé le bateau, et l'autre m'a fait donner au travers des moulins. Dieu y veuille porter remède : car tout ce monde est composé de machines et d'artifices contraires les uns aux autres. Je ne saurais qu'y faire. » Il haussa la voix et poursuivit en cette manière : « Ô amis, qui que vous soyez, qui êtes enfermés dans cette prison, pardonnez-moi, si, par mon malheur et par le vôtre, je ne vous puis retirer de votre misère. Cette aventure doit être réservée à quelque autre chevalier. »

Ce disant, il s'accorda avec les pêcheurs, et leur donna pour le bateau cinquante réaux, que Sancho paya de très mauvaise grâce, en disant : « Avec deux parties de barque semblables à celle-ci, nous irons bientôt à fond avec tout notre avoir. » Les pêcheurs et les meuniers étaient tout étonnés à voir ces deux figures si en dehors de l'usage, et, ne pouvant comprendre où tendaient les raisons et les demandes que don Quichotte leur faisait, ils les tinrent pour deux fous, et rentrèrent dans leurs moulins, tandis que les pêcheurs retournaient à leurs filets. Et don Quichotte et Sancho retournèrent à leurs bêtes, et bêtes revinrent eux-mêmes. Ainsi finit l'aventure de la barque enchantée.

(deuxième partie, chapitre 29)

Stendhal (1783-1842)

Le Rouge et le Noir (1830)

(Gallimard, La bibliothèque Gallimard n°24)

34. Quand la lecture détermine le caractère d'un personnage

Cet extrait se situe au début du roman. L'auteur profite de ce moment pour présenter le héros, Julien Sorel, dans son contexte familial. On comprend rapidement qu'il ne peut s'y intégrer : lecteur assidu et jeune homme fragile, il s'oppose à son père, brutal et borné.

En approchant de son usine, le père Sorel appela Julien de sa voix de stentor; personne ne répondit. Il ne vit que ses fils aînés, espèces de géants qui, armés de lourdes haches, équarrissaient les troncs de sapin, qu'ils allaient porter à la scie. Tout occupés à suivre exactement la marque noire tracée sur la pièce de bois, chaque coup de leur hache en séparait des copeaux énormes. Ils n'entendirent pas la voix de leur père. Celui-ci se dirigea vers le hangar; en y entrant, il chercha vainement Julien à la place qu'il aurait dû occuper, à côté de la scie. Il l'aperçut à cinq ou six pieds plus haut, à cheval sur l'une des pièces de la toiture. Au lieu de surveiller attentivement l'action de tout le mécanisme, Julien lisait. Rien n'était plus antipathique au vieux Sorel; il eût peut-être pardonné à Julien sa taille mince, peu propre aux travaux de force, et si différente de celle de ses aînés; mais cette manie de lecture lui était odieuse, il ne savait pas lire lui-même.

Ce fut en vain qu'il appela Julien deux ou trois fois. L'attention que le jeune homme donnait à son livre, bien plus que le bruit de la scie, l'empêcha d'entendre la terrible voix de son père. Enfin, malgré son âge, celui-ci sauta lestement sur l'arbre soumis à l'action de la scie, et de là sur la poutre transversale qui soutenait le toit. Un coup violent fit voler dans le ruisseau le livre que tenait Julien; un second coup aussi violent, donné sur la tête, en forme de calotte, lui fit perdre l'équilibre. Il allait tomber à douze ou quinze pieds plus bas, au milieu des leviers de la machine en action, qui l'eussent brisé, mais son père le retint de la main gauche, comme il tombait:

– Eh bien, paresseux! tu liras donc toujours tes maudits livres, pendant que tu es de garde à la scie? Lis-les le soir, quand tu vas perdre ton temps chez le curé, à la bonne heure.

Julien, quoique étourdi par la force du coup, et tout sanglant, se rapprocha de son poste officiel, à côté de la scie. Il avait les larmes aux yeux, moins à cause de la douleur physique que pour la perte de son livre qu'il adorait.

— Descends, animal, que je te parle.

Le bruit de la machine empêcha encore Julien d'entendre cet ordre. Son père, qui était descendu, ne voulant pas se donner la peine de remonter sur le mécanisme, alla chercher une longue perche pour abattre des noix et l'en frappa sur l'épaule. À peine Julien fut-il à terre, que le vieux Sorel, le chassant rudement devant lui, le poussa vers la maison. Dieu sait ce qu'il va me faire! se disait le jeune homme. En passant, il regarda tristement le ruisseau où était tombé son livre; c'était celui de tous qu'il affectionnait le plus, le *Mémorial de Sainte-Hélène*[1].

Il avait les joues pourpres et les yeux baissés. C'était un petit jeune homme de dix-huit à dix-neuf ans, faible en apparence, avec des traits irréguliers, mais délicats, et un nez aquilin. De grands yeux noirs, qui, dans les moments tranquilles, annonçaient de la réflexion et du feu, étaient animés en cet instant de l'expression de la haine la plus féroce. Des cheveux châtain foncé, plantés fort bas, lui donnaient un petit front, et, dans les moments de colère, un air méchant. Parmi les innombrables variétés de la physionomie humaine, il n'en est peut-être point qui se soit distinguée par une spécialité plus saisissante. Une taille svelte et bien prise annonçait plus de légèreté que de vigueur. Dès sa première jeunesse, son air extrêmement pensif et sa grande pâleur avaient donné l'idée à son père qu'il ne vivrait pas, ou qu'il vivrait pour être une charge à sa famille. Objet des mépris de tous à la maison, il haïssait ses frères et son père; dans les jeux du dimanche, sur la place publique, il était toujours battu.

---

1. Le *Mémorial* (1823) a été dicté par Napoléon à un de ses hommes fidèles, Las Cases (1766-1842). Ce livre fut un grand succès de librairie et contribua largement à répandre la légende napoléonienne.

Il n'y avait pas un an que sa jolie figure commençait à lui donner quelques voix amies parmi les jeunes filles. Méprisé de tout le monde, comme un être faible, Julien avait adoré ce vieux chirurgien-major qui un jour osa parler au maire au sujet des platanes.

Ce chirurgien payait quelquefois au père Sorel la journée de son fils, et lui enseignait le latin et l'histoire, c'est-à-dire ce qu'il savait d'histoire : la campagne de 1796 en Italie. En mourant, il lui avait légué sa croix de la Légion d'honneur, les arrérages[1] de sa demi-solde et trente ou quarante volumes, dont le plus précieux venait de faire le saut dans le ruisseau public, détourné par le crédit de M. le maire.

À peine entré dans la maison, Julien se sentit l'épaule arrêtée par la puissante main de son père ; il tremblait, s'attendant à quelques coups.

– Réponds-moi sans mentir, lui cria aux oreilles la voix dure du vieux paysan, tandis que sa main le retournait comme la main d'un enfant retourne un soldat de plomb.
Les grands yeux noirs et remplis de larmes de Julien se trouvèrent en face des petits yeux gris et méchants du vieux charpentier, qui avait l'air de vouloir lire jusqu'au fond de son âme.

(livre 1, chapitre 4)

---

1. Arrérages : arriérés, somme due.

Luis Sepúlveda (né en 1949)

Le Vieux qui lisait des romans d'amour
(1987)

(trad. François Maspero, Éditions Métailié)

35. Lecture incongrue

La scène se passe dans un village en pleine forêt amazonienne. Le héros de ce roman est un vieil homme rompu à la vie difficile de la région. Il sait à peine lire mais connaît ses plus grands moments de plaisir quand il se plonge dans la lecture de romans à l'eau de rose.

Après avoir mangé les crabes délicieux, le vieux nettoya méticuleusement son dentier et le rangea dans son mouchoir. Après quoi il débarrassa la table, jeta les restes par la fenêtre, ouvrit une bouteille de Frontera et choisit un roman.

La pluie qui l'entourait de toutes parts lui ménageait une intimité sans pareille.

Le roman commençait bien.

« Paul lui donna un baiser ardent pendant que le gondolier complice des aventures de son ami faisait semblant de regarder ailleurs et que la gondole, garnie de coussins moelleux, glissait paisiblement sur les canaux vénitiens. »

Il lut la phrase à voix haute et plusieurs fois.

– Qu'est-ce que ça peut bien être, des gondoles ?

Ça glissait sur des canaux. Il devait s'agir de barques ou de pirogues. Quant à Paul, il était clair que ce n'était pas un individu recommandable, puisqu'il donnait un « baiser ardent» à la jeune fille en présence d'un ami, complice de surcroît.

Ce début lui plaisait.

Il était reconnaissant à l'auteur de désigner les méchants dès le départ. De cette manière, on évitait les malentendus et les sympathies non méritées.

Restait le baiser – quoi déjà ? – «ardent». Comment est-ce qu'on pouvait faire ça ? Il se souvenait des rares fois où il avait donné un baiser à Dolores Encarnación dei Santisimo Sacramento Estupinan Otavalo. Peut-être, sans qu'il s'en rende compte, l'un de ces baisers avait-il été ardent, comme celui de Paul dans le roman. En tout cas il n'y avait pas eu beaucoup de baisers, parce que sa femme répondait par des éclats de rire, ou alors elle disait que ça devait être un péché.

Un baiser ardent. Un baiser. Il avait découvert récemment qu'il n'en avait guère donné, et seulement à sa femme, car les Shuars[1] ne connaissent pas le baiser.

Il existe chez eux, entre hommes et femmes, des caresses sur tout le corps, sans se préoccuper de la présence de tiers. Même quand ils font l'amour, ils ne se donnent pas de baisers. La femme préfère s'accroupir sur l'homme, en affirmant que cette position lui fait mieux sentir l'amour et que les *anents* qui accompagnent l'acte en sont d'autant plus puissants.

Non, chez les Shuars le baiser n'existe pas.

Il se souvenait aussi d'avoir vu, une fois, un chercheur d'or culbuter une femme jivaro, une pauvresse qui rôdait chez les colons et les aventuriers en mendiant une gorgée d'aguardiente. Tous les hommes qui en avaient envie pou-

---

1. Shuars : Indiens qui vivent dans la région.

vaient l'emmener dans un coin et la posséder. Abrutie par l'alcool, la malheureuse ne se rendait pas compte de ce qu'on faisait d'elle. Cette fois-là, un aventurier l'avait prise sur la plage et avait cherché à coller sa bouche à la sienne.

La femme avait réagi comme un animal sauvage. Elle avait fait rouler l'homme couché sur elle, lui avait lancé une poignée de sable dans les yeux et était allée ostensiblement vomir de dégoût.

Si c'était cela, un baiser ardent, alors le Paul du roman n'était qu'un porc.

Quand arriva l'heure de la sieste, il avait lu environ quatre pages et réfléchi à leur propos, et il était préoccupé de ne pouvoir imaginer Venise en lui prêtant les caractères qu'il avait attribués à d'autres villes, également découvertes dans des romans.

À Venise, apparemment, les rues étaient inondées et les gens étaient obligés de se déplacer en gondoles. Les gondoles. Le mot « gondole » avait fini par le séduire et il pensa que ce serait bien d'appeler ainsi sa pirogue. La Gondole du Nangaritza.

Il en était là de ses pensées quand la torpeur de la mi-journée l'envahit, et il s'étendit sur le hamac avec un sourire amusé à l'idée de ces gens qui risquaient de tomber directement dans la rivière dès qu'ils franchissaient le seuil de leur maison.

Bernhard Schlink (né en 1944)

Le Liseur (1996)

(trad. Bernard Lortholary, Gallimard, Folio n°3158)

36. Le liseur

Dans Le Liseur, *Schlink met en scène une liaison entre un jeune adolescent et une femme de trente-cinq ans, Hanna. La lecture fait partie de leurs rituels amoureux.*

C'est que je lui faisais la lecture. Le lendemain de notre conversation, Hanna avait voulu savoir ce que j'apprenais au lycée. Je lui parlai des poèmes homériques, des discours de Cicéron, et de l'histoire d'Hemingway sur le vieil homme et son combat avec le poisson et avec la mer. Elle voulut entendre à quoi ressemblaient le grec et le latin, et je lus à haute voix des passages de *L'Odyssée* et des *Catilinaires*.

«Tu fais aussi de l'allemand?
– Qu'est-ce que tu veux dire?
– Tu apprends seulement des langues étrangères, ou bien il reste aussi des choses à apprendre dans sa propre langue?
– On lit des textes.» Pendant que j'étais malade, la classe avait étudié deux pièces, une de Lessing *Emilia Galotti* et une de Schiller *Intrigue et Amour*, sur lesquelles nous aurions bientôt une dissertation à faire. Il fallait donc que je lise ces deux textes, ce que je faisais quand le reste de mon travail était fini. Mais c'était en fin de journée, j'étais fatigué, et le lendemain je ne me rappelais plus ce que j'avais lu : il fallait que je recommence.

«Tu n'as qu'à me les lire!

— Lis-les toi-même, je te les apporterai.

— Tu as une si belle voix, garçon, je préfère t'écouter, plutôt que de lire moi-même.

— Oh, tu crois ? »

Mais quand j'arrivai le lendemain et voulus l'embrasser, elle se déroba. « Tu me fais d'abord la lecture. »

Elle parlait sérieusement. Je dus lui lire *Emilia Galotti* pendant une demi-heure avant qu'elle m'emmène sous la douche et dans son lit. Désormais, j'étais ravi de la douche. Le désir que j'éprouvais en arrivant était passé en lisant. Lire une pièce de façon que les divers personnages soient reconnaissables et vivants exige une certaine concentration. Sous la douche, le désir revenait. Lecture, douche, faire l'amour et rester encore un moment étendus ensemble, tel était le rituel de nos rendez-vous.

C'était une auditrice attentive. Son rire, ses soupirs de dédain et ses exclamations indignées ou enthousiastes ne laissaient aucun doute : elle suivait l'action avec passion, et considérait les deux héroïnes comme de petites dindes. L'impatience qu'elle mettait parfois à me demander de continuer tenait à ce qu'elle espérait que ces personnages allaient enfin, nécessairement, arrêter leurs bêtises. « Non, mais c'est pas possible ! » Quelquefois, j'avais moi-même très envie de poursuivre la lecture. Quand les jours allongèrent, je lus plus longtemps, pour être au lit avec elle au moment du crépuscule. Lorsqu'elle s'était endormie sur moi, que la scie dans la cour s'était tue, que le merle chantait et que, dans la cuisine, il ne restait plus de la couleur des objets que des tons de gris plus ou moins clairs ou sombres, j'étais parfaitement heureux.

(première partie, chapitre 9)

Bernhard Schlink
Le Liseur

37. L'illettrisme comme moteur narratif
Hanna a disparu brutalement sans donner d'explications. Quelques années plus tard, le narrateur, alors étudiant en droit, suit le procès d'un groupe de femmes qui ont été gardiennes à Auschwitz. Parmi les accusées, il reconnaît Hanna. L'extrait suivant apparaît comme le moment-clé du roman : le jeune homme comprend enfin pourquoi Hanna a accepté le poste dans le camp et pourquoi elle a envoyé tout particulièrement certaines détenues à la mort.

Hanna ne savait ni lire ni écrire.

Voilà pourquoi elle s'était fait faire la lecture. Voilà pourquoi, lors de notre randonnée à bicyclette, elle m'avait laissé le soin de tout ce qui exigeait d'écrire et de lire, et pourquoi elle avait été hors d'elle, le matin à l'hôtel, lorsque, trouvant mon mot, elle avait soupçonné que je m'attendrais à ce qu'elle en connaisse la teneur et avait redouté la honte d'être démasquée. Voilà pourquoi elle s'était dérobée à sa promotion dans les tramways ; sa tare, qu'elle pouvait dissimuler tant qu'elle était receveuse, serait apparue au grand jour lors d'une formation de conductrice. Voilà pourquoi elle s'était dérobée à sa promotion chez Siemens et était devenue surveillante. Voilà pourquoi elle avait admis, afin d'éviter la confrontation avec le graphologue, que c'était elle qui avait écrit le rapport. Était-ce pour cela qu'au cours du procès elle avait accumulé les gaffes ? Parce qu'elle n'avait pu lire ni le livre de la fille ni l'acte d'accusation, et n'avait donc pu ni discerner ses chances de se défendre ni s'y préparer en conséquence ? Était-ce pour cela qu'elle avait envoyé ses protégées à Auschwitz ? Afin de les réduire au silence, au cas où elles se seraient aperçues de quelque chose ? Et était-ce pour cela qu'elle avait choisi pour protégées les filles les plus affaiblies ?

Pour cela ? Qu'elle eût honte de ne savoir ni lire ni écrire, et qu'elle préférât me sembler déroutante plutôt que d'être honteusement démasquée, je le comprenais. Je savais bien moi-même que la honte pouvait provoquer des conduites de fuite, de résistance, de dissimulation, voire des comportements blessants. Mais la honte qu'éprouvait Hanna de ne savoir ni lire ni écrire expliquait-elle son comportement au procès et dans le camp ? Par peur de la honte d'être analphabète, plutôt la honte d'être démasquée comme criminelle ? Plutôt être une criminelle ?

Combien de fois me suis-je posé, alors et depuis lors, ces mêmes questions ! Si le mobile d'Hanna était la peur d'être honteusement démasquée, comment avait-elle pu préférer le crime à la honte anodine d'être analphabète ? Ou alors, avait-elle cru s'en tirer sans être du tout démasquée ? Était-elle tout simplement bête ? Et était-elle vaniteuse et mauvaise au point de devenir criminelle pour éviter d'être démasquée ?

J'ai toujours refusé, alors et depuis lors, de le penser. Non, me suis-je dit, Hanna n'a pas choisi le crime. Elle a choisi de se soustraire à la promotion chez Siemens, et elle s'est trouvée embarquée dans cette activité de surveillante. Non, elle n'avait pas renvoyé les femmes faibles et fragiles à Auschwitz parce qu'elles lui avaient fait la lecture, elle les avait choisies pour lui faire la lecture parce qu'elle voulait leur rendre supportable leur dernier mois, au terme duquel elles étaient de toute façon renvoyées à Auschwitz. Non, Hanna pendant le procès n'avait pas mis en balance la honte d'être analphabète et la honte d'être une criminelle. Elle ignorait le calcul et la tactique. Elle acceptait qu'on lui demandât des comptes, seulement elle ne voulait pas en plus avoir honte. Elle ne poursuivait pas son intérêt, elle se battait pour sa vérité, pour sa justice. Celles-ci, parce qu'elle avait toujours dû dissimuler un peu, qu'elle n'avait jamais pu être tout à fait franche, tout à fait elle-même, étaient une vérité et une justice pitoyables, mais c'étaient les siennes, et son combat pour elles était son combat.

Elle devait être complètement épuisée. Elle ne se battait pas seulement dans ce procès. Elle combattait depuis toujours, non pour montrer ce dont elle était capable, mais pour dissimuler ce dont elle était incapable. C'était une vie dont les élans consistaient à battre vigoureusement en retraite, et les victoires à encaisser de secrètes défaites.

J'étais étrangement ému par le fossé séparant ce qui avait dû préoccuper Hanna lorsqu'elle avait fui ma ville natale et ce que j'avais moi-même pensé et imaginé au même moment. J'avais eu la conviction que c'était moi qui la faisais partir parce que je l'avais trahie et reniée, et de fait elle se soustrayait tout simplement à la honte d'être démasquée aux tramways. À vrai dire, qu'elle ne fût pas partie à cause de moi n'empêchait pas que je l'avais trahie. Je restais donc coupable. Et si je n'étais pas coupable, parce que trahir une criminelle ne saurait être une faute, j'étais coupable parce que j'avais aimé une criminelle.

(deuxième partie, chapitre 10)

Dai Sijie (né en 1954)

Balzac et la Petite Tailleuse chinoise
(2000)
(Gallimard, Folio n° 3565)

38. Plaisir de la lecture interdite
Nous sommes en Chine pendant la Révolution culturelle dans les années 1970. Deux lycéens, le narrateur et son ami Luo, ont été envoyés en « rééducation » chez des paysans-mineurs. La vie s'avère rude et difficile. Pourtant, ils trouvent un double réconfort dans ces montagnes inhospitalières : des livres contenus dans la valise du Binoclard, un lycéen rééduqué dans le village voisin, et la Petite Tailleuse à la beauté fascinante. La découverte du plaisir de la lecture va changer leur destin. Dans cet extrait, le Binoclard vient de prêter à nos deux héros un roman de Balzac.

« Ba-er-za-ke. » Traduit en chinois, le nom de l'auteur français formait un mot de quatre idéogrammes. Quelle magie que la traduction ! Soudain, la lourdeur des deux premières syllabes, la résonance guerrière et agressive dotée de ringardise de ce nom disparaissaient. Ces quatre caractères, très élégants, dont chacun se composait de peu de traits, s'assemblaient pour former une beauté inhabituelle, de laquelle émanait une saveur exotique, sensuelle, généreuse comme le parfum envoûtant d'un alcool conservé depuis des siècles dans une cave. (Quelques années plus tard, j'appris que le traducteur était un grand écrivain, auquel on avait interdit, pour des raisons politiques, de publier ses propres œuvres, et qui avait passé sa vie à traduire celles d'auteurs français.)

Le Binoclard hésita-t-il longtemps avant de choisir de nous prêter ce livre ? Le pur hasard conduisit-il sa main ? Ou bien le prit-il tout simplement parce que, dans sa valise aux précieux trésors, c'était le livre le plus mince, dans le pire état ? La mesquinerie guida-t-elle son choix ? Un choix dont la raison nous resta obscure, et qui bouleversa notre vie, ou du moins la période de notre rééducation, dans la montagne du Phénix du Ciel.

Ce petit livre s'appelait *Ursule Mirouët*.

Luo le lut dans la nuit même où le Binoclard nous le passa, et le termina au petit matin. Il éteignit alors la lampe à pétrole, et me réveilla pour me tendre l'ouvrage. Je restai au lit jusqu'à la tombée de la nuit, sans manger, ni faire rien d'autre que de rester plongé dans cette histoire française d'amour et de miracles.

Imaginez un jeune puceau de dix-neuf ans, qui somnolait encore dans les limbes de l'adolescence, et n'avait jamais connu que les bla-bla révolutionnaires sur le patriotisme, le communisme, l'idéologie et la propagande. Brusquement, comme un intrus, ce petit livre me parlait de l'éveil du désir, des élans, des pulsions, de l'amour, de toutes ces choses sur lesquelles le monde était, pour moi, jusqu'alors demeuré muet.

Malgré mon ignorance totale de ce pays nommé la France (j'avais quelquefois entendu le nom de Napoléon dans la bouche de mon père, et c'était tout), l'histoire d'Ursule me parut aussi vraie que celle de mes voisins. Sans doute, la sale affaire de succession et d'argent qui tombait sur la tête de cette jeune fille contribuait-elle à renforcer son authenticité, à augmenter le pouvoir des mots. Au bout d'une journée, je me sentais chez moi à Nemours, dans sa maison, près de la cheminée fumante, en compagnie de ces docteurs, de ces curés... Même la partie sur le magnétisme et le somnambulisme me semblait crédible et délicieuse.

Je ne me levai qu'après en avoir lu la dernière page. Luo n'était pas encore rentré. Je me doutais qu'il s'était précipité dès le matin sur le sentier, pour se rendre chez la Petite Tailleuse et lui raconter cette jolie histoire de Balzac. Un moment, je restai debout sur le seuil de notre maison sur pilotis, à manger un morceau de pain de maïs en contemplant la silhouette sombre de la montagne qui nous faisait face. La distance était trop grande pour que je pusse distinguer les lueurs du village de la Petite Tailleuse. J'imaginais comment Luo lui racontait l'histoire, et je me sentis soudain envahi par un sentiment de jalousie, amer, dévorant, inconnu.

Dai Sijie
Balzac et la Petite Tailleuse chinoise

39. Les effets de la lecture sur la Petite Tailleuse

Après nous avoir ouvert les yeux, *Ursule Mirouët* fut rendu dans le délai fixé à son propriétaire en titre, le Binoclard sans lunettes. Nous avions caressé l'illusion qu'il nous prêterait les autres livres cachés dans sa valise secrète, en échange des durs travaux, physiquement insupportables, que nous faisions pour lui.

Mais il ne le voulut plus. Nous allions souvent chez lui, lui porter de la nourriture, lui faire la cour, lui jouer du violon… L'arrivée de nouvelles lunettes, envoyées par sa mère, le délivra de sa semi-cécité, et marqua la fin de nos illusions.

Comme nous regrettions de lui avoir rendu le livre. «On aurait dû le garder, répétait souvent Luo. Je l'aurais lu, page par page, à la Petite Tailleuse. Cela l'aurait rendue plus raffinée, plus cultivée, j'en suis convaincu.»

À l'en croire, c'était la lecture de l'extrait copié sur la peau de ma veste qui lui avait donné cette idée. Un jour de repos, Luo, avec lequel j'échangeais fréquemment mes vêtements, emprunta ma veste de peau pour aller retrouver la Petite Tailleuse sur le lieu de leurs rendez-vous, le ginkgo de la vallée de l'amour. «Après que je lui ai lu le texte de Balzac mot à mot, me raconta-t-il, elle a pris ta veste, et l'a relu toute seule, en silence. On n'entendait que les feuilles grelotter au-dessus de nous, et un torrent lointain couler quelque part. Il faisait beau, le ciel était bleu, un bleu d'azur paradisiaque. À la fin de sa lecture, elle est restée la bouche ouverte, immobile, ta veste au creux des mains, à la manière de ces croyants qui portent un objet sacré entre leurs paumes.

«Ce vieux Balzac, continua-t-il, est un véritable sorcier qui a posé une main invisible sur la tête de cette fille; elle était métamorphosée, rêveuse, a mis quelques instants avant de revenir à elle, les pieds sur terre. Elle a fini par mettre ta foutue veste, ça ne lui allait pas mal d'ailleurs, et elle m'a dit que le contact des mots de Balzac sur sa peau lui apporterait bonheur et intelligence… »

La réaction de la Petite Tailleuse nous fascina tant que nous regrettâmes encore plus d'avoir rendu le livre.

Dai Sijie

Balzac et la Petite Tailleuse chinoise

40. Une péripétie livresque : le vol de la valise
La mère du Binoclard réussit à libérer son fils de la rééducation. Elle vient donc le chercher. Avant son départ, le narrateur et Luo veulent voler le trésor du Binoclard, sa valise de livres.

Durant l'élaboration de notre plan, quelques jours auparavant, nous avions conclu que la réussite de notre visite illégale dépendait d'une chose : savoir où le Binoclard cachait sa valise. Comment pourrait-on la trouver ? Luo avait passé en revue tous les indices possibles et envisagé toutes les solutions imaginables, et il était parvenu, Dieu merci, à déterminer un plan dont l'action devait impérativement se dérouler pendant le banquet d'adieu. C'était réellement une occasion unique. Quoique très rusée, la poétesse[1], étant donné son âge, n'avait pas pu échapper à l'amour de l'ordre, et n'aurait pas supporté l'idée de chercher une valise au matin du départ. Il faudrait que tout fût prêt avant, et impeccablement rangé.

Nous nous approchâmes de la valise. Elle était ficelée par une grosse corde de paille tressée, nouée en croix. Nous la débarrassâmes de ses liens, et l'ouvrîmes silencieusement. À l'intérieur, des piles de livres s'illuminèrent sous notre torche électrique ; les grands écrivains occidentaux nous accueillirent à bras ouverts : à leur tête, se tenait

---

1. La poétesse : désigne la mère du Binoclard.

notre vieil ami Balzac, avec cinq ou six romans, suivi de Victor Hugo, Stendhal, Dumas, Flaubert, Baudelaire, Romain Rolland, Rousseau, Tolstoï, Gogol, Dostoïevski, et quelques Anglais : Dickens, Kipling, Emily Brontë...

Quel éblouissement ! J'avais l'impression de m'évanouir dans les brumes de l'ivresse. Je sortis les romans un par un de la valise, les ouvris, contemplai les portraits des auteurs, et les passai à Luo. De les toucher du bout des doigts, il me semblait que mes mains, devenues pâles, étaient en contact avec des vies humaines.

– Ça me rappelle la scène d'un film, me dit Luo, quand les bandits ouvrent une valise pleine de billets...

– Tu sens des larmes de joie monter en toi ?

– Non. Je ne ressens que de la haine.

– Moi aussi. Je hais tous ceux qui nous ont interdit ces livres.

La dernière phrase que je prononçai m'effraya, comme si un écouteur pouvait être caché quelque part dans la pièce. Une telle phrase, dite par mégarde, pouvait coûter plusieurs années de prison.

– Allons-y ! dit Luo en fermant la valise.

– Attends !

– Qu'est-ce que tu as ?

– J'hésite... Réfléchissons encore une fois : le Binoclard va sûrement soupçonner que c'est nous, les voleurs de sa valise. On est fichus, s'il nous dénonce. N'oublie pas qu'on n'a pas des parents comme les autres.

– Je te l'ai déjà dit, sa mère ne lui permettra pas. Sinon, tout le monde saura que son fils cachait des bouquins interdits ! Et il ne pourra jamais plus quitter le Phénix du Ciel.

Après un silence de quelques secondes, j'ouvris la valise :

– Si on prend seulement quelques livres, il ne s'en apercevra pas.

– Mais je veux les lire tous, affirma Luo avec détermination.

Il referma la valise et, posant une main dessus, comme un chrétien prêtant serment, il me déclara :

– Avec ces livres, je vais transformer la Petite Tailleuse. Elle ne sera plus jamais une simple montagnarde.

Dai Sijie

Balzac et la Petite Tailleuse chinoise

41. Autodafé
Le dernier chapitre du roman s'ouvre sur une scène surprenante : les deux héros brûlent tous les volumes contenus dans la valise du Binoclard. Ces livres n'ont plus de raison d'être ; la Petite Tailleuse est partie.

L'allumette faillit s'éteindre à mi-parcours et s'étouffer dans sa propre fumée noire, mais elle reprit un nouveau souffle, chancelant, et s'approcha du *Père Goriot*, gisant par terre, devant la maison sur pilotis. Les feuilles de papier léchées par le feu se tordirent, se blottirent les unes contre les autres, et les mots se ruèrent vers le dehors. La pauvre fille française fut réveillée de son rêve de somnambule par cet incendie, elle voulut se sauver, mais il était trop tard. Quand elle retrouva son cousin bien-aimé, elle était déjà engloutie dans les flammes avec les fétichistes de l'argent, ses prétendants, et son million d'héritage, tous changés en fumée.

Trois autres allumettes allumèrent simultanément les bûchers du *Cousin Pons*, du *Colonel Chabert* et d'*Eugénie Grandet*. La cinquième rattrapa Quasimodo qui, avec ses anfractuosités[1] osseuses, fuyait sur les pavés de *Notre-Dame de Paris*, Esméralda sur son dos. La sixième tomba sur *Madame Bovary*. Mais la flamme fit soudain une halte de lucidité à l'intérieur de sa propre folie, et ne voulut pas commencer par la page où Emma, dans une chambre d'hôtel de Rouen, fumant au lit, son jeune amant blotti contre elle, murmurait : « Tu me quitteras… » Cette allumette, furieuse mais sélective, choisit d'attaquer la fin du livre, à la scène où elle croyait, juste avant de mourir, entendre un aveugle chanter :

> *Souvent la fraîcheur d'un beau jour*
> *Fait rêver fillette à l'amour.*

À l'instant où un violon se mit à jouer un air funèbre, une bouffée de vent surprit les livres en flammes ; les cendres fraîches d'Emma s'envolèrent, s'entremêlèrent à celles de ses compatriotes carbonisés, et s'élevèrent dans l'air en flottant.

Cendreux, les crins de l'archet glissaient sur les cordes métalliques luisantes où se reflétait le feu. Le son de ce violon, c'était le mien. Le violoniste, c'était moi.

Luo, l'incendiaire, ce fils de grand dentiste, cet amant romantique qui avait rampé à quatre pattes sur le passage dangereux, ce grand admirateur de Balzac, était à présent

---

1. Anfractuosité : crevasse, trou.

ivre, accroupi, les yeux fixés sur le feu, fasciné, voire hypnotisé par les flammes dans lesquelles des mots où des êtres jadis chers à nos cœurs dansaient avant d'être réduits en cendres. Tantôt il pleurait, tantôt il éclatait de rire.

Aucun témoin n'assista à notre sacrifice. Les villageois, habitués au violon, préférèrent certainement rester dans leurs lits chauds. Nous avions voulu inviter notre vieil ami, le meunier, à se joindre à nous avec son instrument à trois cordes, pour chanter ses «vieux refrains» lubriques en faisant onduler les innombrables et fines rides de son ventre. Mais il était malade. Deux jours auparavant, quand nous lui avions rendu visite, il avait déjà la grippe.

L'autodafé continua. Le fameux comte de Monte-Cristo, qui avait jadis réussi à s'évader du cachot d'un château situé au milieu de la mer, se résigna à la folie de Luo. Les autres hommes ou femmes qui avaient habité dans la valise du Binoclard ne purent y échapper non plus.

Même si le chef du village avait surgi devant nous à ce moment-là, nous n'aurions pas eu peur de lui. Dans notre ivresse, on l'aurait peut-être brûlé vivant, comme s'il avait été lui aussi un personnage littéraire.

De toute façon, il n'y avait personne d'autre que nous deux. La Petite Tailleuse était partie, et ne reviendrait plus jamais nous voir.

Son départ, aussi foudroyant que subit, avait été une surprise totale.

Il nous avait fallu fouiller longtemps nos mémoires affaiblies par le choc pour trouver quelques présages, souvent vestimentaires, insinuant qu'un coup mortel était en préparation.

Deux mois plus tôt environ, Luo m'avait dit qu'elle s'était confectionné un soutien-gorge d'après un dessin qu'elle avait trouvé dans *Madame Bovary*. Je lui avais alors fait remarquer que c'était la première lingerie féminine de la montagne du Phénix du Ciel digne d'entrer dans les annales locales.

– Sa nouvelle obsession, m'avait dit Luo, c'est de ressembler à une fille de la ville. Tu verrais, quand elle parle maintenant, elle imite notre accent.

Nous attribuâmes la confection du soutien-gorge à la coquetterie innocente d'une jeune fille, mais je ne sais comment nous avons pu négliger les deux autres nouveautés de sa garde-robe, qui ni l'une ni l'autre ne pouvaient lui servir dans cette montagne. D'abord, elle avait repris ma veste Mao bleue, avec les trois petits boutons dorés sur les manches, que j'avais portée une seule fois, lors de notre visite au vieux meunier. Elle l'avait retouchée, raccourcie, et s'en était fait une veste de femme, qui gardait néanmoins un style masculin, avec ses quatre poches et son petit col. Un ouvrage ravissant mais qui, en ce temps-là, ne pouvait être porté que par une femme vivant dans la grande ville. Ensuite, elle avait demandé à son père de lui acheter au magasin de Yong Jing une paire de tennis blanches, d'un blanc immaculé. Une couleur incapable de résister plus de trois jours à la boue omniprésente de la montagne.

Je me rappelle aussi le nouvel an occidental de cette année-là. Ce n'était pas vraiment une fête, mais un jour de repos national. Comme d'habitude, nous étions allés chez elle, Luo et moi. Je faillis ne pas la reconnaître. En entrant chez elle, je crus voir une jeune lycéenne de la ville. Sa longue natte habituelle, nouée par un ruban rouge, était remplacée par des cheveux courts, coupés au ras des oreilles, ce qui lui donnait une autre beauté, celle d'une adolescente moderne. Elle était en train de finir de retoucher la veste Mao. Luo se réjouit de cette transformation, à laquelle il ne s'attendait pas. Sa jouissance aveugle atteignit son comble lors de l'essayage du ravissant ouvrage qu'elle venait d'achever : la veste austère et masculine, sa nouvelle coiffure, ses tennis immaculées remplaçant ses modestes chaussons lui conféraient une étrange sensualité, une allure élégante, annonçant la mort de la jolie paysanne un peu gauche. À la voir ainsi transformée, Luo fut submergé par le bonheur d'un artiste contemplant son œuvre accomplie. Il chuchota à mon oreille :

– On n'a pas fait quelques mois de lecture pour rien.

L'aboutissement de cette transformation, de cette rééducation balzacienne, sonnait déjà inconsciemment dans la phrase de Luo, mais elle ne nous mit pas en garde. L'autosuffisance nous endormait-elle ? Surestimait-on les vertus de l'amour ? Ou, tout simplement, n'avions-nous pas saisi l'essentiel des romans qu'on lui avait lus ?

Arrêt sur lecture 3

Les récits réunis dans cette troisième partie ont tous pour personnages des lecteurs. Quel est l'intérêt pour un écrivain de choisir un héros lecteur ? Quel message sur la littérature veut-il nous transmettre ?

Des personnages lecteurs de roman

Définir le caractère des personnages par leurs lectures

Savoir ce que lit un personnage permet souvent au lecteur d'affiner son portrait et de mieux saisir son caractère, avec l'idée que l'esprit et le comportement du personnage sont influencés par ses lectures. De même qu'Emma Bovary dévore les récits sentimentaux et ne vit que pour un amour perdu d'avance, don Quichotte ne lit que des romans de chevalerie et parcourt le monde à la recherche d'exploits qui ne le sont que pour lui-même (**32** et **33**). Les ouvrages à la gloire de Napoléon qui passionnent Julien Sorel dirigeront également une partie de sa vie. Mais l'auteur peut choisir de prendre le contre-pied de ce topos littéraire*. Dans *Le Vieux qui lisait des romans d'amour*, on ne s'attend pas à voir ce personnage rude et brut s'attendrir pour des histoires à l'eau de rose (**35**). Pourtant, c'est par ce moment où l'on accompagne le vieux dans sa lecture – et dans son intimité – que le personnage acquiert toute son épaisseur et toute sa subtilité romanesque.

à vous...

1 – En quoi le passage du *Vieux qui lisait des romans d'amour* (texte 35) est-il à la fois attendrissant et comique ?

Motiver l'action des personnages

Cependant, parfois, l'absence de lecture peut apparaître comme un puissant ressort narratif. Dans *Le Liseur*, Schlink met en scène un personnage particulier et dérangeant : Hanna. Toutes ses actions se trouvent déterminées par sa honte d'être analphabète. Le moment de la lecture relève du rituel amoureux (**36**) :

> Lecture, douche, faire l'amour et rester encore un moment étendus ensemble, tel était le rituel de nos rendez-vous.

Cependant, cette scène, somme toute innocente, prend une tout autre dimension à la relecture, quand on sait pourquoi Hanna se fait lire les textes par le narrateur. Le rituel amoureux ici reproduit une habitude prise à Auschwitz. Cette répétition malsaine est orchestrée par Hanna, qui ne semble pas prendre la mesure d'une telle situation. D'autre part, comment considérer le narrateur ? Victime ou complice d'une femme qui a choisi le crime par défaut ? Dans tous les cas, c'est la honte de ne pas savoir lire qui dirige les actions du personnage, au point que ses agissements semblent bien difficiles à comprendre.

à vous...

2 – Justifiez le titre du roman de Bernhard Schlink. Pourquoi le « liseur » et non le « lecteur » ?

3 – À votre avis, pourquoi après le procès le narrateur continue-t-il à faire la lecture à Hanna par l'intermédiaire d'enregistrement audio ?

Pour une lecture

Nous vous proposons de faire une lecture analytique du texte de Stendhal, du début jusqu'à « c'était celui de tous qu'il affectionnait le plus, le *Mémorial de Sainte-Hélène*. » (**34**)

Introduction

Le Rouge et le Noir de Stendhal raconte l'ascension sociale d'un jeune provincial, Julien Sorel, dans la société de la Restauration. Le passage étudié se situe au début du roman. C'est la première apparition du héros. On sait déjà que le père de Julien, charpentier, et dont le maître-mot « rapporter du revenu » dirige la vie, voudrait bien se débarrasser de ce fils incapable de travailler de ses mains. Il vient de trouver une place de précepteur dans la maison du maire de la ville, M. de Rênal.

1 – Julien Sorel, un marginal

a) Un personnage hors des normes paternelles :
Alors que ce chapitre est consacré à l'entrée en scène du héros, celui-ci n'apparaît pas : « il chercha vainement Julien à la place qu'il aurait dû occuper ». Cette absence pique la curiosité du lecteur et permet de sentir l'irritation du père, exprimée par le conditionnel passé. Julien n'adopte donc pas le comportement qu'on attend de lui. La phrase « Au lieu de surveiller attentivement l'action de tout le mécanisme, Julien lisait » est à cet égard révélatrice : elle oppose l'activité mécanique, développée longuement, à l'activité intellectuelle, contenue dans un seul verbe, employé dans son sens absolu, lire. Ainsi, Julien n'a pas sa place dans cet atelier.

b) En opposition avec le reste de la famille :
Cette scène se révèle très instructive pour différencier Julien Sorel du reste de sa famille. On peut établir le tableau comparatif suivant qui met en évidence une série d'oppositions :

Le père et les frères	Julien
Action : « ses fils aînés, espèces de géants qui, armés de lourdes haches, équarrissaient les troncs de sapin, qu'ils allaient porter à la scie ».	Inaction, oisiveté, lecture : « perdre ton temps ».
Robustesse, force.	Une frêle constitution : « sa taille mince, peu propre aux travaux de force ». Il subit les coups de son père.
Grossièreté.	Sensibilité : « il avait les larmes aux yeux ».
Accroché au réel, au concret.	Plongé dans la fiction et l'imagination.

Julien n'a pas sa place non plus au sein de sa propre famille. On comprend alors que le personnage ne peut évoluer qu'en la quittant.

2 – Un roman d'apprentissage

a) « Chien de lisard » :

C'est par cette expression que le père méprisant qualifie son fils dans le chapitre suivant. Pourquoi éprouve-t-il tant de haine à l'égard des livres ? « Ce fut <u>en vain</u> qu'il l'appela » : Julien Sorel n'entend pas la voix de son père, dont il est pourtant précisé qu'elle est « de stentor ». Par la lecture, le héros s'est construit un autre monde qui échappe complètement au contrôle du père, qui ne sait lui-même pas lire, d'où les insultes et la violence verbale : « animal », « maudits livres ». Par le mystère de leur contenu, les livres ne peuvent alors que paraître suspects au vieux Sorel, d'autant que Stendhal ne choisit pas de faire tomber n'importe quel livre : le *Mémorial de Sainte-Hélène* est un livre-culte pour la jeunesse de l'époque, désireuse de renouer avec l'Empire et de renverser à nouveau l'ordre rétabli par la Restauration.

b) Se relever de la chute initiale :
Tout le passage s'organise autour d'éléments descriptifs s'orientant vers le haut ou vers le bas. Julien est perché en hauteur, « à cinq ou six pieds plus haut, à cheval sur l'une des pièces de la toiture », et son père le fait tomber à terre. Le bas apparaît donc comme trivial, le haut comme romanesque. Cette chute, provoquée par le père, est nécessaire pour permettre au héros de se relever et d'accomplir le parcours qui lui convient dans le cadre d'un roman d'apprentissage. Ici l'apprentissage se révèle d'autant plus symbolique qu'il est initié par le père, ce père que Julien reniera en gravissant les échelons de la société.

Conclusion
Le destin de Julien Sorel se scelle à sa première apparition dans le roman. Le père et le fils ne peuvent dialoguer ni se comprendre ; à l'origine de cette mésentente, se trouvent le livre et la lecture : dans *Le Rouge et le Noir*, lecteurs et non-lecteurs ne semblent pas faits pour appartenir au même monde.

Quand le héros est un lecteur fou : *Don Quichotte* de Cervantès (32 et 33)

Don Quichotte est un monument de la littérature européenne. Au XVIe siècle, le Moyen Âge, ses chevaliers et ses farces restent présents dans les esprits, et l'humanisme, tout en faisant l'éloge du savoir et du livre, s'inspire du passé.

Don Quichotte, bon lecteur ?
Un esprit où règne la confusion – Don Quichotte est donc cet étrange personnage qui ne se nourrit que de lectures chevaleresques :

> il s'embarrassa tant en sa lecture qu'il y passait les nuits tout entières, du soir au matin, et les jours du matin jusqu'au soir. Et par ainsi du peu dormir et beaucoup lire, son cerveau se sécha de telle sorte qu'il en vint à perdre le jugement. Il emplit sa fantaisie de tout ce qu'il lisait en ses livres, tant des enchantements comme des que-

> relles, batailles, défis, blessures, passions, amours, tourments et extravagances impossibles; et il lui entra tellement en l'imagination que toute cette machine de songes et d'inventions qu'il lisait était vérité que pour lui il n'y avait autre histoire plus certaine en tout le monde.

Le problème vient du fait que notre héros est incapable de faire la différence entre le monde réel et le monde imaginaire. En cela, don Quichotte n'est pas un bon lecteur et est considéré comme fou par les autres.

Une folle logique – Pourtant, le personnage possède sa propre logique. Véritables bibles, les romans de chevalerie guident ses actes et lui permettent de mener à bien chacune de ses aventures :

> Car c'est la marche ordinaire de ces livres d'histoires chevaleresques et des enchanteurs qui s'en mêlent et y convergent : quand quelque chevalier est réduit en cette extrémité et qu'il n'en peut être tiré que par l'aide et le secours d'un autre chevalier, quoiqu'ils soient éloignés l'un de l'autre de plus de deux ou trois mille lieues et même davantage, les magiciens, ou bien l'enlèvent en une nuée, ou lui envoient un bateau où il entre, et en moins d'un clin d'œil l'emportent par l'air ou par la mer, au lieu qu'il leur plaît et où l'on a besoin de son aide.

Une folie comique

Le déni du réel ... – Don Quichotte s'engouffre dans chaque faille de la réalité pour montrer que son interprétation du monde fonctionne. La description des meuniers couverts de farine et ressemblant alors à des fantômes conforte le héros dans sa position, même si l'écuyer Sancho le contredit. Ainsi, don Quichotte alimente sa folie grâce à un réel parfois étrange et fantastique ; il applique au monde une grille de lecture particulière, celle de l'univers romanesque, au point de n'avoir pas conscience des dangers qu'il encourt : «avec un aussi grand calme que si rien ne lui fût arrivé de toute la journée».

... et le décalage comique qui en naît – De ce déni du réel naît un décalage comique avec tous les autres personnages qui n'ont pas la même lecture de la réalité :

> Les pêcheurs et les meuniers étaient tout étonnés à voir ces deux figures si en dehors de l'usage, et, ne pouvant comprendre où ten-

A. S. L. 3

Don Quichotte, vu par Gustave Doré, au milieu de ses livres, vit de multiples vies imaginaires, où il combat vaillamment ses ennemis. Regardez bien : combien comptez-vous de personnages autour de lui ?

daient les raisons et les demandes que don Quichotte leur faisait, ils les tinrent pour deux fous, et rentrèrent dans leurs moulins, tandis que les pêcheurs retournaient à leurs filets. Et don Quichotte et Sancho retournèrent à leurs bêtes, et bêtes revinrent eux-mêmes.

à vous...

4 – Comment don Quichotte choisit-il le nom de son cheval ? Qu'apprend-on ainsi sur le personnage ?

5 – En quoi le texte 2 est-il comique ?

Quelle leçon tirer de ce personnage ?

À travers ce personnage, Cervantès tient un discours sur la lecture. Cette identification permanente de don Quichotte aux chevaliers permet à l'auteur de parodier les romans de chevalerie et de faire ainsi naître le rire chez son lecteur. En même temps, il le met en garde sur le pouvoir d'illusion qu'exerce la fiction sur le lecteur et les dérives qu'elle engendre. Enfin, même si ce personnage de don Quichotte tire parfois au ridicule, on ne peut s'empêcher de l'admirer dans son entêtement à produire sa propre lecture du monde. Don Quichotte sûrement un peu fou ne serait-il pas aussi sage ? Ne nous invite-t-il pas à déchiffrer le monde autrement que dans sa réalité la plus prosaïque ?

La lecture comme moteur narratif : *Balzac et la Petite Tailleuse chinoise* de Dai Sijie (38 à 41)

Lectures interdites

La révolution culturelle – Dans le roman de Dai Sijie, toute l'intrigue tourne autour de la lecture et du livre. Pour bien comprendre l'importance que les livres revêtent aux yeux des deux héros, il faut rappeler le contexte. En 1966, Mao Zedong, le président de la République populaire de Chine, et dans les faits président d'un régime totalitaire et dictatorial, lance la Révolution culturelle. Concrètement, celle-ci s'exprime par la fermeture de nombreux établissements scolaires, lycées comme universités, et l'interdiction de toute lecture contraire à l'idéologie communiste du parti. Seuls le *Petit Livre rouge* de Mao, ainsi que quelques manuels de propagande, restent autorisés. Les préceptes contenus dans ces ouvrages et visant à développer le culte du Président sont généralement inculqués de force à la population.

Deux héros victimes du régime – Pour limiter la rébellion des futurs intellectuels, le régime envoie en rééducation les lycéens dans les campagnes chinoises. Le narrateur et Luo en font partie. Après avoir goûté au plaisir de la lecture, les deux jeunes gens souffrent de cette interdiction des livres. Le narrateur l'exprime d'ailleurs avec violence (**40**) :

> – Je hais tous ceux qui nous ont interdit ces livres.
> La dernière phrase que je prononçai m'effraya, comme si un écouteur pouvait être caché quelque part dans la pièce. Une telle phrase, dite par mégarde, pouvait coûter plusieurs années de prison.

Goûter le fruit défendu

Une attirance irrésistible pour les livres – Pourtant, cette interdiction des livres constitue le nœud narratif du roman. Plus on interdit une chose, plus elle fait envie : la valise pleine de livres attise les convoitises et pousse les deux personnages à agir, et en l'occurrence à cambrioler la maison du Binoclard. Cet épisode haletant, placé au centre du roman, révèle l'attirance irrésistible des livres. Le contenu de la valise apparaît aux deux personnages comme un véritable trésor (**40**) :

> À l'intérieur, des piles de livres s'illuminèrent sous notre torche électrique ; les grands écrivains occidentaux nous accueillirent à bras ouverts : à leur tête, se tenait notre vieil ami Balzac, avec cinq ou six romans, suivi de Victor Hugo, Stendhal, Dumas, Flaubert, Baudelaire, Romain Rolland, Rousseau, Tolstoï, Gogol, Dostoïevski, et quelques Anglais : Dickens, Kipling, Emily Brontë...
> Quel éblouissement ! J'avais l'impression de m'évanouir dans les brumes de l'ivresse.

Des pièces d'or n'auraient pas rendu ces deux garçons plus heureux ; la lumière qui vient éclairer les volumes et la longue énumération des auteurs confèrent un caractère magique au moment, une pause dans la progression du suspens.

Tisser les liens entre les personnages – Mais le livre, dans ce qu'il a de concret, n'est pas le seul à servir l'intrigue : la lecture permet elle aussi de tisser les liens entre les personnages. La première lecture d'*Ursule Mirouët* le souligne. Étant secrète, elle ne se partage qu'entre amis, dans l'intimité de la maison. C'est avant tout le partage de cette lecture et de toutes les suivantes qui forge la solide amitié entre Luo et le narrateur. D'autre part, Luo rapporte ces lectures à la Petite Tailleuse : « il s'était précipité dès le matin sur le sentier, pour se rendre chez la Petite Tailleuse et lui raconter cette jolie histoire de Balzac ». Ces moments de partage, qui deviendront rituels amoureux, permettent de faire éclore l'amour entre Luo et la jeune fille. Enfin, cela permet d'aborder les liens ambigus et subtils qui existent entre le narrateur et le couple formé par la Petite Tailleuse et Luo (**38**) :

> J'imaginais comment Luo lui racontait l'histoire, et je me sentis soudain envahi par un sentiment de jalousie, amer, dévorant, inconnu.

Le pouvoir de la littérature sur la vie

Des émotions nouvelles et sincères – La lecture des livres interdits ouvre les personnages à un monde jusque-là inconnu, et surtout à des émotions qu'ils n'avaient jamais ressenties. C'est sur le personnage de la Petite Tailleuse que les effets de la lecture se font ressentir de façon aiguë (**39**) :

> À la fin de sa lecture, elle est restée la bouche ouverte, immobile, ta veste au creux des mains, à la manière de ces croyants qui portent un objet sacré entre leurs paumes. « Ce vieux Balzac, continua-t-il, est un véritable sorcier qui a posé une main invisible sur la tête de cette fille ; elle était métamorphosée, rêveuse, a mis quelques instants avant de revenir à elle, les pieds sur terre. Elle a fini par mettre ta foutue veste, ça ne lui allait pas mal d'ailleurs, et elle m'a dit que le contact des mots de Balzac sur sa peau lui apporterait bonheur et intelligence… »

L'adjectif « métamorphosée » utilisé ici marque bien l'intensité de la réaction de la jeune fille. Ainsi, la littérature permet d'atteindre des émotions véritables à travers la fiction.

La libération de l'imagination – On pourrait se demander pourquoi le régime interdit ces œuvres romanesques apparemment inoffensives. Ouvrir son imagination, laisser son esprit vagabonder librement, tout ceci ne peut s'envisager dans un pays qui veut contrôler les pensées de chacun. Ce roman montre bien toute la puissance des mots sur l'imagination. Il suffit de se rappeler l'effet que produit le nom même de Balzac sur les deux garçons (**38**) :

> Ces quatre caractères, très élégants, dont chacun se composait de peu de traits, s'assemblaient pour former une beauté inhabituelle, de laquelle émanait une saveur exotique, sensuelle, généreuse comme le parfum envoûtant d'un alcool conservé depuis des siècles dans une cave.

Le nom de l'auteur invite au fantasme ; il met en éveil tous les sens avant même le commencement de la lecture. D'autre part, l'effet des mots est tel que les personnages leur attribuent des pouvoirs quasi magiques – Luo qualifie d'ailleurs Balzac de « vieux sorcier ». Le narrateur a recopié sur la peau de sa veste ses passages préférés d'*Ursule Mirouët* et la Petite Tailleuse aime se revêtir de cet habit. Les personnages agissent alors comme si se recouvrir des mots leur permettait de se métamorphoser.

S'affranchir de sa condition – Une idée revient souvent à la bouche de Luo ; il veut civiliser la Petite Tailleuse par la lecture : « Avec ces livres, je vais transformer la Petite Tailleuse. Elle ne sera plus jamais une simple montagnarde. » Autrement dit, la lecture doit permettre à la jeune fille d'échapper à sa condition. Son émancipation a fonctionné au-delà de toutes les espérances puisque, dans le dernier extrait, on comprend que le départ inattendu de l'adolescente déroute les deux garçons (ainsi que le lecteur !). La Petite Tailleuse a tellement assimilé ces lectures qu'elle en a été métamorphosée au point de choisir de vivre son propre destin, comme les personnages d'une fiction. Luo et le narrateur n'avaient peut-être pas senti tout l'impact des mots sur la jeune fille : « N'avions-nous pas saisi l'essentiel des romans qu'on lui avait lus ? » Ce questionnement justifie l'autodafé final et symbolique.

à vous...

Questions sur le texte 41
6 – Quels sont les signes d'émancipation de la Petite Tailleuse ?
7 – Pourquoi terminer le roman sur la scène d'un autodafé, dans un roman à la gloire des livres et de la lecture ?

Bilans

Le lecteur, un être privilégié

Avant de refermer cette anthologie, il convient de rappeler que le plaisir que vous avez pu prendre à lire ces divers textes reste un privilège : celui des êtres libres. La liberté de penser reste intimement liée à celle d'écrire et de lire. Les autorités politiques et religieuses, gardiennes de la morale, n'ont pas toujours apprécié la publication de certains ouvrages. *Les Fleurs du mal* et *Madame Bovary* ont amené leurs auteurs devant les tribunaux d'alors ! Dans *Balzac et la Petite Tailleuse chinoise*, on apprend que seule la lecture du *Petit Livre rouge* de Mao est autorisée, les autres ouvrages pervertissant l'esprit et la pensée. Aujourd'hui, en France, vous pouvez accéder à tous les écrits, quels qu'ils soient, mais ce n'est pas encore le cas partout dans le monde.

Groupement de textes : le droit à la lecture

Voici donc trois textes pour réfléchir à l'importance de l'accès à la lecture.

« As-tu oublié que ton libérateur, c'est le livre ? »
Laissons d'abord parler Victor Hugo dans ce poème extrait de *L'Année terrible* (1871, Poésie/Gallimard) :

« À QUI LA FAUTE ?

Tu viens d'incendier la Bibliothèque ?

— Oui.
J'ai mis le feu là.

— Mais c'est un crime inouï !
Crime commis par toi contre toi-même, infâme !
Mais tu viens de tuer le rayon de ton âme !
C'est ton propre flambeau que tu viens de souffler !
Ce que ta rage impie et folle ose brûler,
C'est ton bien, ton trésor, ta dot, ton héritage !
Le livre, hostile au maître, est à ton avantage.
Le livre a toujours pris fait et cause pour toi.
Une bibliothèque est un acte de foi
Des générations ténébreuses encore
Qui rendent dans la nuit témoignage à l'aurore.
Quoi ! dans ce vénérable amas des vérités,
Dans ces chefs-d'œuvre pleins de foudre et de clartés,
Dans ce tombeau des temps devenu répertoire,
Dans les siècles, dans l'homme antique, dans l'histoire,
Dans le passé, leçon qu'épelle l'avenir,
Dans ce qui commença pour ne jamais finir,
Dans les poètes ! quoi, dans ce gouffre des bibles,
Dans le divin monceau des Eschyles terribles,
Des Homères, des Jobs, debout sur l'horizon,
Dans Molière, Voltaire et Kant, dans la raison,
Tu jettes, misérable, une torche enflammée !
De tout l'esprit humain tu fais de la fumée !
As-tu donc oublié que ton libérateur,
C'est le livre ? Le livre est là sur la hauteur ;
Il luit ; parce qu'il brille et qu'il les illumine,
Il détruit l'échafaud, la guerre, la famine
Il parle, plus d'esclave et plus de paria.

Ouvre un livre. Platon, Milton, Beccaria.
Lis ces prophètes, Dante, ou Shakespeare, ou Corneille
L'âme immense qu'ils ont en eux, en toi s'éveille ;
Ébloui, tu te sens le même homme qu'eux tous ;
Tu deviens en lisant grave, pensif et doux ;
Tu sens dans ton esprit tous ces grands hommes croître,
Ils t'enseignent ainsi que l'aube éclaire un cloître
À mesure qu'il plonge en ton cœur plus avant,
Leur chaud rayon t'apaise et te fait plus vivant ;
Ton âme interrogée est prête à leur répondre ;
Tu te reconnais bon, puis meilleur ; tu sens fondre,
Comme la neige au feu, ton orgueil, tes fureurs,
Le mal, les préjugés, les rois, les empereurs !
Car la science en l'homme arrive la première.
Puis vient la liberté. Toute cette lumière,
C'est à toi, comprends donc, et c'est toi qui l'éteins !
Les buts rêvés par toi sont par le livre atteints.
Le livre en ta pensée entre, il défait en elle
Les liens que l'erreur à la vérité mêle,
Car toute conscience est un nœud gordien[1].
Il est ton médecin, ton guide, ton gardien.
Ta haine, il la guérit ; ta démence, il te l'ôte.
Voilà ce que tu perds, hélas, et par ta faute !
Le livre est ta richesse à toi ! c'est le savoir,
Le droit, la vérité, la vertu, le devoir,
Le progrès, la raison dissipant tout délire.
Et tu détruis cela, toi !

– Je ne sais pas lire. »

Défendre la liberté de penser
En bon philosophe des Lumières, Voltaire dénonce la censure et l'obscurantisme dans un pamphlet célèbre au titre teinté d'ironie : « De

---

1. Nœud gordien : nœud mythique, symbolisant un problème insoluble.

l'horrible danger de la lecture » (1765, Gallimard, Bibliothèque de la Pléiade) :

« Nous Joussouf Chéribi, par la grâce de Dieu mouphti[1] du Saint-Empire ottoman, lumière des lumières, élu entre les élus, à tous les fidèles qui ces présentes verront, sottise et bénédiction.

Comme ainsi soit que Saïd Effendi, ci-devant ambassadeur de la Sublime Porte[2] vers un petit État nommé Frankrom, situé entre l'Espagne et l'Italie, a rapporté parmi nous le pernicieux usage de l'imprimerie, ayant consulté sur cette nouveauté nos vénérables frères les cadis[3] et imans[4] de la ville impériale de Stamboul, et surtout les fakirs connus pour leur zèle contre l'esprit, il a semblé bon à Mahomet et à nous de condamner, proscrire, anathématiser[5] ladite infernale invention de l'imprimerie, pour les causes ci-dessous énoncées :

1. Cette facilité de communiquer ses pensées tend évidemment à dissiper l'ignorance, qui est la gardienne et la sauvegarde des États bien policés.

2. Il est à craindre que, parmi les livres apportés d'Occident, il ne s'en trouve quelques-uns sur l'agriculture et sur les moyens de perfectionner les arts mécaniques, lesquels ouvrages pourraient à la longue, ce qu'à Dieu ne plaise, réveiller le génie de nos cultivateurs et de nos manufacturiers, exciter leur industrie, augmenter leurs richesses, et leur inspirer un jour quelque élévation d'âme, quelque amour du bien public, sentiments absolument opposés à la sainte doctrine.

3. Il arriverait à la fin que nous aurions des livres d'histoire dégagés du merveilleux qui entretient la nation dans une heureuse stupidité. On aurait dans ces livres l'imprudence de rendre justice aux bonnes et aux mauvaises actions, et de recommander l'équité et l'amour de la patrie, ce qui est visiblement contraire aux droits de notre place.

4. Il se pourrait, dans la suite des temps, que de misérables philo-

---

1. Mouphti : chef suprême de la religion ottomane.
2. Sublime Porte : Empire ottoman.
3. Cadi : magistrat musulman qui remplit des fonctions civiles, judiciaires et religieuses.
4. Iman : chef de prière dans une mosquée.
5. Anamathiser : maudire.

sophes, sous le prétexte spécieux, mais punissable, d'éclairer les hommes et de les rendre meilleurs, viendraient nous enseigner des vertus dangereuses dont le peuple ne doit jamais avoir de connaissance.

5. Ils pourraient, en augmentant le respect qu'ils ont pour Dieu, et en imprimant scandaleusement qu'il remplit tout de sa présence, diminuer le nombre des pèlerins de La Mecque, au grand détriment du salut des âmes.

6. Il arriverait sans doute qu'à force de lire les auteurs occidentaux qui ont traité des maladies contagieuses, et de la manière de les prévenir, nous serions assez malheureux pour nous garantir de la peste, ce qui serait un attentat énorme contre les ordres de la Providence.

À ces causes et autres, pour l'édification des fidèles et pour le bien de leurs âmes, nous leur défendons de jamais lire aucun livre, sous peine de damnation éternelle. Et, de peur que la tentation diabolique ne leur prenne de s'instruire, nous défendons aux pères et aux mères d'enseigner à lire à leurs enfants. Et, pour prévenir toute contravention à notre ordonnance, nous leur défendons expressément de penser, sous les mêmes peines; enjoignons à tous les vrais croyants de dénoncer à notre officialité[1], quiconque aurait prononcé, quatre phrases liées ensemble, desquelles on pourrait inférer un sens clair et net. Ordonnons que dans toutes les conversations on ait à se servir de termes qui ne signifient rien, selon l'ancien usage de la Sublime Porte.

Et pour empêcher qu'il n'entre quelque pensée en contrebande dans la sacrée ville impériale, commettons spécialement le premier médecin de sa Hautesse[2], né dans un marais de l'Occident septentrional; lequel médecin, ayant déjà tué quatre personnes augustes de la famille ottomane, est intéressé plus que personne à prévenir toute nouvelle introduction de connaissances dans le pays; lui donnons pouvoir, par ces présentes, de faire saisir toute idée qui se présenterait par écrit ou de bouche aux portes de la ville, et nous amener ladite idée pieds et poings liés, pour lui être infligé par nous tel châtiment qu'il nous plaira.

---

1. Officialité : tribunal ecclésiastique dirigé par un évêque.
2. Par «sa Hautesse», Voltaire désigne Van Swieten, premier médecin de la reine Marie-Thérèse, adversaire des philosophes.

Donné dans notre palais de la stupidité, le 7 de la lune de Muharem, l'an 1143 de l'hégire[1]. »

La lecture comme acte de résistance politique

Lire, c'est donc préserver son indépendance intellectuelle. C'est aussi permettre à l'esprit de dialoguer avec d'autres esprits, d'autres civilisations, d'autres façons de penser. La lecture permet de s'ouvrir sur le monde extérieur et de garder une certaine lucidité sur les événements que chacun, où qu'il soit dans le monde, peut vivre au quotidien. L'ouvrage d'Azar Nafisi, *Lire Lolita à Téhéran*, est à cet égard révélateur. Azar Nafisi, professeur de littérature anglophone à l'université de Téhéran, raconte comment, en 1995, après avoir démissionné de son poste sous la pression des autorités iraniennes, elle a réuni chez elle sept étudiantes pour leur faire découvrir les grandes œuvres occidentales. Cette réunion hebdomadaire apparaît comme un acte de résistance face à la révolution islamique menée par le gouvernement iranien qui interdit progressivement toute liberté aux femmes.

« C'est ce contexte qui fit de notre séminaire ce qu'il était, une tentative pour échapper au regard du censeur aveugle quelques heures par semaine. Là, dans ce salon, nous redécouvrions que nous étions aussi des êtres humains qui vivaient, qui respiraient ; et quel que fût le degré de répression, quelles que fussent notre impuissance, notre peur, comme Lolita[2] nous tentions de nous évader, de créer nos propres petites poches de liberté. Et comme Lolita, nous profitions de chaque occasion pour afficher notre insubordination, en laissant dépasser quelques cheveux de nos foulards, en glissant une note de couleur dans l'uniformité générale, en laissant pousser nos ongles, en tombant amoureuses, en écoutant des musiques interdites.

Ce qui régissait nos vies avait un absurde caractère fictionnel. Nous essayions de vivre dans les espaces ouverts, dans les fissures créées entre cette pièce, devenue notre cocon protecteur, et le monde censuré

---

1. Hégire : début de l'ère musulmane (an 662 de l'ère chrétienne).
2. Lolita est l'héroïne éponyme du roman de Nabokov.

des sorcières et autres diables qui nous attendaient dehors. Lequel de ces deux univers était le plus réel, auquel des deux appartenions-nous vraiment? Nous ne connaissions plus les réponses à ces questions. »

(Éditions Plon)

Ainsi, ces femmes s'évadent de leur triste quotidien grâce à la lecture; l'imagination permet de dépasser la privation de la liberté. Elles peuvent également remettre en question le caractère « révolutionnaire » de leur gouvernement.

Le livre, premier instrument de la mondialisation? En tout cas, même s'il permet de découvrir l'ailleurs et l'autre, il délivre un message universel.

Alors, bonnes lectures!

Vous allez refermer cet ouvrage. Nous espérons que cette anthologie vous a donné envie de musarder dans une librairie ou une bibliothèque. Profitez de votre chance de pouvoir lire selon votre bon vouloir et votre plaisir! Exercez votre esprit critique! Tentez cette expérience enivrante et radicale que propose la lecture tout en restant au fond de votre lit! Et, pourquoi pas, suivez ces derniers conseils de Franz Kafka:

« On ne devrait lire que les livres qui vous mordent et vous piquent. Si le livre que nous lisons ne nous réveille pas d'un coup de poing sur le crâne, à quoi bon lire? Pour qu'il nous rende heureux? Mon Dieu, nous serions tout aussi heureux si nous n'avions pas de livres, et des livres qui nous rendent heureux, nous pourrions à la rigueur en écrire nous-mêmes. En revanche, nous avons besoin de livres qui agissent sur nous comme un malheur dont nous souffririons beaucoup, comme la mort de quelqu'un que nous aimerions plus que nous-mêmes, comme si nous étions proscrits, condamnés à vivre loin de tous les hommes, comme un suicide. Un livre doit être la hache qui brise la mer gelée en nous. »

Franz Kafka, *Lettre à Oskar Pollak*, 27 janvier 1904
(trad. sous la direction de
Claude David, Gallimard, Pléiade)

Annexes

De vous à nous

Arrêt sur lecture 1

Page 57

1 – Pour Lacarrière, l'arbre apparaît comme le lieu idéal de la lecture parce que c'est un lieu symbolique. Tout d'abord, un livre ressemble à un arbre, c'est une forêt de signes qui se feuillette. L'arbre apparaît également comme un refuge, coupé du monde, et donc propice à la lecture, au repli sur soi-même. D'autre part, c'est dans ce lieu que l'auteur s'est éveillé au monde, qu'il a porté un regard curieux sur ce qui l'entourait. De là, est née sa vocation pour son futur métier : « Est-ce pour cela que, bien des années plus tard, je me suis passionné pour ces saints orientaux qu'on surnommait dendrites ? »

Page 60

2 – Ces deux auteurs évoquent le plaisir de la relecture. Perec souligne ce plaisir sans fin de la relecture par un chiasme* : « Je relis les livres que j'aime et j'aime les livres que je relis. » Pour cet auteur, relire permet en quelque sorte de se retrouver chez soi, en terrain déjà conquis : « Le relire consistait seulement à vérifier qu'ils étaient bien à leur place. » Pour Sartre, le plaisir de la relecture relève davantage du plaisir esthétique, de l'agencement des mots plutôt que de l'histoire en elle-même : « Je devins sensible à la succession rigoureuse des mots : à chaque lecture ils revenaient, toujours les mêmes et dans le même ordre, je les attendais. »

Page 61

3 – Le fou de la lecture n'a rien compris à l'intérêt du livre et de la lecture. Pour tous les auteurs de ce corpus, la lecture a marqué la formation de leur esprit ou leur vie même. Dans le texte 1, Brant met en scène une caricature du lecteur, du mauvais lecteur : il collectionne les livres sans les lire ; il se croit savant parce qu'il a soi-disant tout lu ; il accorde de l'importance au livre en tant qu'objet et décoration de sa bibliothèque.

Page 63

4 – Le récit produit différents effets sur la lectrice :
– elle fait abstraction de la réalité : elle préfère finir son récit plutôt que de prendre le bus.
– elle semble avoir perdu la notion du temps : dans le dernier paragraphe, elle semble seulement se rendre compte de la présence de l'automne (le roman se déroulant en été).
– ses émotions s'accordent à celles des personnages – « La fille hurle. La fille tourne en hâte la page 157 » – de même que ses actions : « Elle n'a pas osé crier en courant derrière le bus. Elle n'osait pas non plus se hasarder page 158 de peur d'y trouver un cadavre. »
– empathie totale de la lectrice : elle s'identifie pleinement aux personnages et à la situation qu'ils sont en train de vivre ; elle ressent ce qu'ils ressentent.

5 – On peut parler de mise en abyme* de la lecture dans cette nouvelle parce qu'on est en train de lire l'histoire d'une jeune fille qui est elle aussi en train de lire. La mise en abyme de la lecture dans la nouvelle se fait tout d'abord par le repère de la numérotation des pages (on assiste à la lecture des vingt dernières pages du roman), d'où le rythme haletant du récit. D'autre part, l'auteur met en place un système de répétitions et de parallélismes qui établissent des ponts entre le roman policier et la jeune fille en train de lire. Par exemple : « La fille (= personnage du roman policier) hurle. » // « La fille (= la lectrice) tourne en hâte la page 157 » ou « elle n'a pas osé » // « Elle n'osait pas non plus ». De même, un réseau de rappels se tisse tout au long du récit et porte la lectrice à confondre fiction et réalité : « Page 139 entre en scène un détective mince et blond, aux yeux couleur de pervenche » et « Derrière le conducteur du bus était assis un jeune homme blond, mince et beau, le regard bleu. Elle a eu tout juste le temps de le reconnaître, elle n'a pas osé crier en courant derrière le bus ».

Arrêt sur lecture 2

Page 110

1 – Rabelais mélange deux niveaux de langue dans ce prologue :
– le langage familier, voire grossier : « buveurs », « vérolés », « oisons bridés, lièvres cornus, canes bâtées, boucs volants, cerfs limonniers », « n'en eussiez donné un copeau d'oignon ».
– le langage soutenu : références à Platon, Socrate et Pythagore, mots savants comme « essence », « substantifique ».

Le mélange de ces deux registres de langue a de quoi surprendre le lecteur, peu habitué à voir se côtoyer réflexion philosophique et dictons populaires («l'habit ne fait point le moine»).

Page 111

2 – Dans cette préface, Maupassant ne semble plus supporter le lecteur qui ne lit que pour éprouver des émotions diverses et variées, la liste accumulative de verbes étant là pour le montrer. Les deux derniers verbes («penser» et «faire beau») semblent dire que rares sont les lecteurs qui veulent réfléchir ou qui recherchent un plaisir esthétique dans la lecture. Pourtant, l'auteur cherche un nouveau lecteur, capable de comprendre les ambitions du roman réaliste : d'une part, «comprendre le sens profond et caché des événements», d'autre part, dialoguer avec la vision du monde défendue par l'auteur («C'est cette vision personnelle du monde qu'il cherche à nous communiquer en la reproduisant dans un livre»). Pour cela, l'écrivain réaliste doit reproduire dans la fiction la réalité dans toute sa simplicité : «Il devra donc composer son œuvre d'une manière si adroite, si dissimulée, et d'apparence si simple, qu'il soit impossible d'en apercevoir et d'en indiquer le plan, de découvrir ses intentions.»

Page 114

4 – Les romans à l'eau de rose semblent toujours contenir les mêmes clichés, notamment en ce qui concerne les personnages, caricaturaux : un beau jeune homme et une belle jeune femme. Le contexte ne change pas non plus. Emma lit des histoires exotiques ou historiques; les Harlequin se déroulent dans des châteaux. Il est surtout intéressant ici de noter la différence de lecture qu'on peut faire dans ces deux textes. Le propos est sérieux et pris au premier degré dans le texte 29 alors que Flaubert se moque ouvertement de son héroïne.

5 – Lecture analytique du texte 27 (proposition de plan) :

I- loin de l'ennui, le couvent
   a) la vie au couvent permet à Emma de se créer un personnage
   b) la lingère, femme providentielle

II- la critique du bovarysme
   a) les lectures d'Emma, de cliché en cliché
   b) le pouvoir de la fiction sur la lectrice
   c) la critique du mensonge romanesque

Arrêt sur lecture 3

Page 152

1 – Le comique naît souvent de décalages. C'est le cas dans le texte de Sepúlveda : un vieil homme, lecteur bovaryste, lit des romans à l'eau de rose dans la jungle. L'auteur souligne le contraste entre le monde difficile dans lequel vit le héros et le monde qu'il imagine et qui le fait rêver. Ces deux univers sont tellement éloignés l'un de l'autre que le sens même des mots devient parfois difficile à saisir pour le personnage : « Restait le baiser – quoi déjà ? – "ardent". Comment est-ce qu'on pouvait faire ça ? » De ce décalage naît donc le comique. L'auteur invite également à une réflexion sur le pouvoir des mots sur le réel ; le personnage se laisse bercer par ce vocabulaire qui lui est inconnu et n'hésite pas à l'appliquer à son univers : « Le mot "gondole" avait fini par le séduire et il pensa que ce serait bien d'appeler ainsi sa pirogue. La Gondole du Nangaritza. »

Page 152

2 – Le terme de « liseur » n'a pas la même signification que « lecteur ». Dans le premier cas, on souligne juste la fonction : le liseur est celui qui lit mécaniquement un texte. Il n'y a pas là vraiment d'expérience de la lecture, d'appropriation du texte. L'auteur le souligne bien d'ailleurs en n'évoquant que les réactions d'Hanna à la lecture du narrateur : « Son rire, ses soupirs de dédain et ses exclamations indignées ou enthousiastes ne laissaient aucun doute : elle suivait l'action avec passion. »

3 – Cette question reste ouverte à toute proposition. On peut quand même dégager quelques idées : pour régler son problème de culpabilité envers Hanna ? et donc se laver de sa faute ? par compassion pour Hanna ? pour l'encourager à apprendre à lire ?

Page 158

4 – Don Quichotte, qui vit autant dans la fiction que dans la réalité, choisit le nom de son cheval en suivant sa logique habituelle. Le nom du destrier est lui-même l'héritier d'une longue tradition littéraire, de Plutarque au Cid. C'est ensuite le souci de l'exception qui prévaut (il suffit de considérer le nombre d'expressions à valeur hyperboliques du passage).

5 – De même que pour la première question, on vous demande ici d'observer les phénomènes de décalage qui œuvrent dans le texte. Ils consistent la plupart du temps au décalage entre l'interprétation fantaisiste du monde faite par don Quichotte et la réalité constatée par les autres personnages. On peut également observer d'autres procédés comiques comme le comique de situation (les meuniers essayant de ramener la barque à terre)

ou de geste (les meuniers moulinant dans l'air avec leurs bâtons, don Quichotte faisant de même avec son épée).
Page 162
6 – Dans une longue analepse, le narrateur évoque les différents signes annonciateurs de l'émancipation de la Petite Tailleuse. Ceux-ci relèvent d'une métamorphose de son apparence physique : elle se taille une veste élégante, crée un soutien-gorge, coupe ses cheveux. Cette volonté de changer passe aussi par une maîtrise de son langage : « Quand elle parle maintenant, elle imite notre accent. » Les deux garçons n'ont pas été assez attentifs à ces changements. Ils n'ont pas compris l'évolution en profondeur de la jeune fille : « À la voir ainsi transformée, Luo fut submergé par le bonheur d'un artiste contemplant son œuvre accomplie. »
7 – Il peut paraître effectivement étrange de terminer ce livre par un autodafé, d'autant que les deux personnages considèrent leurs romans comme un véritable trésor. Cet autodafé a une portée symbolique. D'une part, d'un point de vue narratif, les livres ne servent plus à rien puisqu'ils ont atteint leur but ultime et inespéré : civiliser la Petite Tailleuse. D'autre part, les deux héros n'ont pas su percevoir la subtilité des textes comme l'a fait la Petite Tailleuse. Cet autodafé est aussi un constat d'échec : la littérature n'a-t-elle comme seul but de se raconter de belles histoires ? Non, elle est aussi autre chose, et les garçons n'ont peut-être pas su le voir.

Glossaire

Accumulation : comme son nom l'indique, c'est une figure de style qui consiste à accumuler un certain nombre de termes au sens proche. S'il existe une progression d'intensité dans la juxtaposition de ces termes, on parle alors de **gradation**.
Chiasme (se prononce « kiasme ») : figure de style qui joue sur la construction. Elle consiste à croiser deux termes ou structures grammaticales.
Par exemple : « il regarde longtemps, longtemps cherche sans voir » (Vigny).
         A (vb)   B   B   A (vb)
Ellipse : c'est, dans un récit, le fait de passer sous silence un événement particulier.
Hyperbole : figure de style qui relève de l'exagération. « Je meurs de soif » est une hyperbole : il est rare de mourir (littéralement) de soif.
Incipit : c'est la première phrase ou la première page d'un récit.

Mise en abyme : c'est l'emboîtement d'un discours dans un autre discours de même nature, par exemple : un peintre peignant sur sa toile un autre peintre peignant lui-même un peintre…
Paratexte : c'est tout ce qui se trouve autour du texte mais qui n'est pas le texte en lui-même : le titre donné à l'extrait, le « chapeau » qui présente le texte, la source (auteur, œuvre, date de parution)…
Topos littéraire : lieu commun, motif récurrent en littérature.

Index des auteurs cités

Les numéros entre parenthèses désignent les pages auxquelles vous trouverez les extraits des textes.

Baudelaire, Charles : *Les Fleurs du mal* (77)
Brant, Sebastian : *La Nef des fous* (17)
Calvino, Italo : *Si par une nuit d'hiver un voyageur* (87)
Cervantès, Miguel de : *Don Quichotte de la Manche* (117, 122)
Dai Sijie, *Balzac et la Petite Tailleuse chinoise* (140, 142, 144, 146)
Flaubert, Gustave : *Madame Bovary* (90)
François, Annie : *Bouquiner* (40)
Gautier, Théophile : *Mademoiselle de Maupin* (83)
Hugo, Victor : *L'Année terrible* (164)
Huysmans, Joris-Karl : *À rebours* (85)
Kafka, Franz : *Lettre à Oskar Pollak* (169)
Lacarrière, Jacques : *Une forêt de signes* (42)
Laclos, Choderlos de : *Les Liaisons dangereuses* (74)
Maupassant, Guy de : *Pierre et Jean* (80)
Nafisi, Azar : *Lire Lolita à Téhéran* (168)
Ovide : *Les Tristes* (64, 66)
Pennac, Daniel : *Comme un roman* (22, 89, 96)
Perec, Georges : *W ou le souvenir d'enfance* (31)
Proust, Marcel : *Pastiches et mélanges* (35)
Quignard, Pascal : *Petits traités* I (33), *Petits traités* II (69)
Rabelais, François : *Gargantua* (71)
Renard, Jules : *L'Écornifleur* (99)
Rousseau, Jean-Jacques : *Les Confessions* (26)

Sarraute, Nathalie : *Enfance* (28)
Sartre, Jean-Paul : *Les Mots* (19, 104)
Saumont, Annie : *Après* (61)
Schlink, Bernhard : *Le Liseur* (135, 137)
Semprun, Jorge : *L'Écriture ou la vie* (50)
Sepúlveda, Luis : *Le Vieux qui lisait des romans d'amour* (132)
Steiner, George : *Langage et silence* (46)
Stendhal : *Le Rouge et le Noir* (128), *Vie de Henry Brulard* (44)
Vallès, Jules : *L'Enfant* (38)
Voltaire : « De l'horrible danger de la lecture » (166)
Wright, Richard : *Black Boy* (47)

Bibliographie

Certains textes vous ont plu ? Lancez-vous dans leur lecture intégrale.

Lectures très faciles

Luis Sepúlveda, *Le Vieux qui lisait des romans d'amour*, trad. François Maspero, Éditions Métailié, 1991, repris en « Points Seuil », Éditions du Seuil, 1994.
Dai Sijie, *Balzac et la Petite Tailleuse chinoise*, Gallimard, 2000, repris en « Folio » n° 3565, 2002.

Lectures un peu moins faciles, mais tout à fait accessibles

Bernard Schlink, *Le Liseur*, Gallimard, « Folio » n° 3158, 1996.
Jean-Paul Sartre, *Les Mots*, Gallimard, « Folio » n° 607, 1964.
Jules Vallès, *L'Enfant*, Gallimard, « Folioplus classiques » n° 12, 2003.
Richard Wright, *Black Boy*, Gallimard, « Folio » n° 965, 1977.

N'hésitez pas non plus à vous lancer dans de grands « classiques » (ils ne mordent pas, au contraire !)

Gustave Flaubert, *Madame Bovary*, Gallimard, « Folioplus classiques » n° 33, 2003.
Stendhal, *Le Rouge et le Noir*, Gallimard, « La bibliothèque Gallimard » n° 24, 1998.

Pour ceux qui préfèrent les images…

Laure Adler et Stefan Bollmann, *Les Femmes qui lisent sont dangereuses*, Éditions Flammarion, 2006 (un ouvrage au titre malicieux et à l'iconographie très riche).

Les ouvrages suivants m'ont aidée à constituer cette anthologie et à la commenter

Alberto Manguel, *Une histoire de la lecture*, Actes Sud, 1998 (ouvrage absolument passionnant, se lit comme un roman !).
Vincent Jouve, *La Lecture*, Hachette supérieur, 1993.
Nathalie Piegay-Gros, *Le Lecteur*, GF Flammarion, 2002.

TABLE DES MATIÈRES

Ouvertures 5
La lecture chevillée au corps 5
Pour une petite histoire du livre 7
L'évolution des pratiques de lecture 12

CET ÊTRE ÉTRANGE, LE LECTEUR

1. Le fou des livres : Sebastian Brant, *La Nef des fous* 17
2. Le mystère de la lecture : Jean-Paul Sartre, *Les Mots* 19
3. Le lecteur, un être capable de sévices ? : Daniel Pennac, *Comme un roman* 22
4. Lecteur précoce : Jean-Jacques Rousseau, *Les Confessions* 26
5. Une fascination incomprise : *Rocambole* : Nathalie Sarraute, *Enfance* 28
6. Le plaisir de la relecture : Georges Perec, *W ou le souvenir d'enfance* 31
7. Quelle est cette petite voix intérieure qui accompagne le lecteur ? : Pascal Quignard, *Petits traités* I 33
8. La joie des journées de lecture : Marcel Proust, *Pastiches et mélanges* 35
9. La lecture ou la grande évasion : Jules Vallès, *L'Enfant* 38
10. Pathologie générale du lecteur : Annie François, *Bouquiner* 40
11. Une forêt de signes : Jacques Lacarrière, *Une forêt de signes* 42
12. Quand la lecture permet d'oublier la tristesse de la vie : Stendhal, *Vie de Henry Brulard* 44

13. La lecture comme révélation de la profondeur de son être : George Steiner, *Langage et silence* — 46
14. Quand la lecture permet de s'ouvrir au monde : Richard Wright, *Black Boy* — 47
15. Se forger un caractère grâce à la lecture : Jorge Semprun, *L'Écriture ou la vie* — 50

Arrêt sur lecture 1 — 53
  La lecture, une expérience vertigineuse — 53
  Comment atteindre ce vertige ? — 56
  La libération de la conscience — 57
  Les bienfaits de la lecture — 59
  Prolongement — 61

L'AUTEUR, LE LIVRE, LE LECTEUR

16. Recommandations du poète à son livre : Ovide, *Les Tristes* — 64
17. Le livre d'Ovide en visite à Rome : Ovide, *Les Tristes* — 66
18. Le livre, un statut différent pour le lecteur et pour l'auteur : Pascal Quignard, *Petits traités* II — 69
19. L'auteur face à son lecteur : François Rabelais, *Gargantua* — 71
20. Un livre pour instruire et plaire ? : Choderlos de Laclos, *Les Liaisons dangereuses* — 74
21. « Hypocrite lecteur, – mon semblable, – mon frère ! » : Charles Baudelaire, *Les Fleurs du mal* — 77
22. Auteur, lecteur : chacun son territoire : Guy de Maupassant, *Pierre et Jean* — 80
23. L'écrivain a le droit de ne pas tenir compte de ses lecteurs : Théophile Gautier, *Mademoiselle de Maupin* — 83
24. Pourquoi un livre perd-il peu à peu son intérêt aux yeux du lecteur ? : Joris-Karl Huysmans, *À rebours* — 85

25. Invitation à la lecture : Italo Calvino, *Si par une nuit d'hiver un voyageur* — 87
26. Les droits imprescriptibles du lecteur : Daniel Pennac, *Comme un roman* — 89
27. « Elle avait lu *Paul et Virginie* » : Gustave Flaubert, *Madame Bovary* — 90
28. Le droit au bovarysme : Daniel Pennac, *Comme un roman* — 96
29. Comment écrire un roman à l'eau de rose : Les consignes d'écriture des éditions Harlequin — 98
30. Bibliothèque idéale pour femme bourgeoise : Jules Renard, *L'Écornifleur* — 99
31. Le mystère de la lecture féminine : Jean-Paul Sartre, *Les Mots* — 104

Arrêt sur lecture 2 — 106
Le livre, une médiation nécessaire entre l'auteur et son lecteur — 106
Des guides du savoir-lire : les préfaces — 107
Le livre, un lieu de confrontation permanente — 111
Des romans pour les filles ? — 113

LECTEURS DE ROMANS ET ROMANS DE LECTEURS

32. « De la condition et des occupations du fameux gentilhomme don Quichotte de la Manche » : Miguel de Cervantès, *Don Quichotte de la Manche* — 117
33. « De la fameuse aventure de la barque enchantée » : Miguel de Cervantès, *Don Quichotte de la Manche* — 122
34. Quand la lecture détermine le caractère d'un personnage : Stendhal, *Le Rouge et le Noir* — 128
35. Lecture incongrue : Luis Sepúlveda, *Le Vieux qui lisait des romans d'amour* — 132
36. Le liseur : Bernhard Schlink, *Le Liseur* — 135

37. L'illettrisme comme moteur narratif : Bernhard Schlink, *Le Liseur* — 137
38. Plaisir de la lecture interdite : Dai Sijie, *Balzac et la Petite Tailleuse chinoise* — 140
39. Les effets de la lecture sur la Petite Tailleuse : Dai Sijie, *Balzac et la Petite Tailleuse chinoise* — 142
40. Une péripétie livresque : le vol de la valise : Dai Sijie, *Balzac et la Petite Tailleuse chinoise* — 144
41. Autodafé : Dai Sijie, *Balzac et la Petite Tailleuse chinoise* — 146

Arrêt sur lecture 3 — 151
Des personnages lecteurs de roman — 151
Pour une lecture — 153
Quand le héros est un lecteur fou : *Don Quichotte* de Cervantès (32 et 33) — 155
La lecture comme moteur narratif : *Balzac et la Petite Tailleuse chinoise* de Dai Sijie (38 à 41) — 158

Bilans — 163
Le lecteur, un être privilégié — 163
Groupement de textes : le droit à la lecture — 163
Alors, bonnes lectures ! — 169

Annexes — 170
De vous à nous — 170
Glossaire — 174
Index des auteurs cités — 175
Bibliographie — 176

Dans la même collection

Collège – Texte et dossier
25 fabliaux (74)
50 poèmes en prose (anthologie) (113)
Dracula et compagnie (9 nouvelles) (162)
La Bible (textes choisis) (73)
La création du monde (anthologie) (163)
La farce de maître Pathelin (117)
La poésie engagée (anthologie) (68)
La poésie lyrique (anthologie) (91)
Le ghetto de Varsovie (anthologie) (133)
Le roman de Renart (textes choisis) (114)
Lettres de 14-18 (anthologie) (156)
Les mille et une nuits (textes choisis) (161)
Rome (anthologie bilingue) (118)
Victor Hugo, une légende du 19ᵉ siècle (anthologie) (83)
Voyage au pays des contes (anthologie) (172)
Homère, Virgile, Ovide – **L'Antiquité** (textes choisis) (16)
Guillaume Apollinaire – **Calligrammes** (107)
Marcel Aymé – **Les contes du chat perché** (contes choisis) (55)
Honoré de Balzac – **La maison du Chat-qui-Pelote** (134)
Honoré de Balzac – **La vendetta** (69)
Pierre-Marie Beaude – **La maison des Lointains** (142)
Robert Bober – **Quoi de neuf sur la guerre?** (56)
Robert de Boron – **Merlin** (textes choisis) (164)
Évelyne Brisou-Pellen – **Le fantôme de maître Guillemin** (18)
Blaise Cendrars – **L'or** (135)
Raymond Chandler – **Sur un air de navaja** (136)
Chrétien de Troyes – **Le chevalier au lion** (65)
Arthur Conan Doyle – **Le chien des Baskerville** (75)
Pierre Corneille – **La place royale** (124)
Pierre Corneille – **Le Cid** (7)

Jean-Louis Curtis, Harry Harrison, Kit Reed – **3 nouvelles de l'an 2000** (43)

Didier Daeninckx – **Meurtres pour mémoire** (35)

Roald Dahl – **Escadrille 80** (105)

Alphonse Daudet – **Lettres de mon moulin** (42)

Michel Déon – **Thomas et l'infini** (103)

Régine Detambel – **Les contes d'Apothicaire** (2)

André Dhôtel – **Un adieu, mille adieux** (111)

François Dimberton, Dominique Hé – **Coup de théâtre sur le Nil** (41)

Alexandre Dumas – **La femme au collier de velours** (57)

Georges Feydeau – **Feu la mère de Madame** (47)

Émile Gaboriau – **Le petit vieux des Batignolles** (80)

Romain Gary – **La vie devant soi** (102)

Théophile Gautier – **Le roman de la momie** (157)

William Golding – **Sa Majesté des Mouches** (97)

Victor Hugo – **L'intervention** (119)

Franz Kafka – **La métamorphose** (128)

Eugène Labiche – **Un chapeau de paille d'Italie** (17)

Jean de La Fontaine – **Fables (choix de fables)** (52)

J.M.G. Le Clézio – **Pawana** (112)

Gaston Leroux – **Le cœur cambriolé** (115)

Virginie Lou – **Un papillon dans la peau** (166)

Marie de France – **Lais** (146)

Marivaux – **Arlequin poli par l'amour** et **La surprise de l'amour** (152)

Guy de Maupassant – **13 histoires vraies** (44)

Prosper Mérimée et *Théophile Gautier* – **Carmen** et **Militona** (158)

Prosper Mérimée – **Mateo Falcone** et **La Vénus d'Ille** (76)

Molière – **George Dandin** (87)

Molière – **L'Avare** (66)

Molière – **Le bourgeois gentilhomme** (33)

Molière – **Le malade imaginaire** (110)

Molière – **Le médecin malgré lui** (3)

Molière – **Les femmes savantes** (34)

Molière – **Les fourberies de Scapin** (4)
Jean Molla – **Sobibor** (183)
James Morrow – **Cité de vérité** (6)
Arto Paasilinna – **Le lièvre de Vatanen** (138)
Charles Perrault – **Histoires ou contes du temps passé** (30)
Marco Polo – **Le devisement du monde** (textes choisis) (1)
René Réouven – **3 histoires secrètes de Sherlock Holmes** (175)
Jules Romains – **Knock** (5)
Edmond Rostand – **Cyrano de Bergerac** (130)
Antoine de Saint-Exupéry – **Lettre à un otage** (123)
George Sand – **La petite Fadette** (51)
Jorge Semprun – **Le mort qu'il faut** (122)
John Steinbeck – **La perle** (165)
Robert Louis Stevenson – **L'île au trésor** (32)
Jonathan Swift – **Voyage à Lilliput** (31)
Michel Tournier – **Les Rois mages** (106)
Paul Verlaine – **Romances sans paroles** (67)
Jules Verne – **Le château des Carpathes** (143)
Voltaire – **Zadig** (8)
Émile Zola – **J'accuse!** (109)

Lycée – Texte et dossier
128 poèmes composés en langue française, de Guillaume Apollinaire à 1968 (anthologie de Jacques Roubaud) (82)
3 questions de dramaturgie (anthologie) (129)
La forme brève (anthologie) (168)
La photographie et l'(auto)biographie (anthologie) (132)
Le comique (registre) (99)
Le dialogue (anthologie) (154)
Le didactique (registre) (92)
L'épique (registre) (95)
Le satirique (registre) (93)
Le tragique (registre) (96)

New York (anthologie) (177)
Portraits et autoportraits (anthologie) (101)
Pratiques oulipiennes (anthologie) (147)
Abbé Prévost – **Manon Lescaut** (159)
Guillaume Apollinaire – **Alcools** (21)
Louis Aragon – **Le paysan de Paris** (137)
Honoré de Balzac – **Ferragus** (10)
Honoré de Balzac – **Mémoires de deux jeunes mariées** (100)
Honoré de Balzac – **Le père Goriot** (59)
Honoré de Balzac, Théophile Gautier, Alfred de Musset – **Le peintre et son modèle** (173)
Jules Barbey d'Aurevilly – **3 diaboliques** (155)
Jules Barbey d'Aurevilly – **Le chevalier des Touches** (22)
Charles Baudelaire – **Les Fleurs du Mal** (38)
Charles Baudelaire – **Le spleen de Paris** (64)
Beaumarchais – **Le mariage de Figaro** (28)
Béroul – **Tristan et Yseut** (mythe) (63)
Albert Camus – **Le premier homme** (160)
Emmanuel Carrère – **L'Adversaire** (120)
François-René de Chateaubriand – **Les aventures du dernier Abencerage** (170)
Chrétien de Troyes – **Perceval ou Le Conte du Graal** (125)
Pierre Corneille – **L'illusion comique** (45)
Dai Sijie – **Balzac et la Petite Tailleuse chinoise** (167)
Robert Desnos – **Corps et biens** (153)
Denis Diderot – **Jacques le fataliste et son maître** (149)
Denis Diderot – **Supplément au voyage de Bougainville** (104)
Annie Ernaux – **Une femme** (88)
Fénelon – **Les Aventures de Télémaque** (116)
Gustave Flaubert – **Un cœur simple** (58)
Jérôme Garcin – **La chute de cheval** (145)
Théophile Gautier – **Contes fantastiques** (36)
Jean Genet – **Les bonnes** (121)

André Gide – **La porte étroite** (50)
André Gide, Catherine Pozzi, Jules Renard – **3 journaux intimes** (186)
Jean Giono – **Un roi sans divertissement** (126)
Goethe – **Faust** (mythe) (94)
Nicolas Gogol – **Nouvelles de Pétersbourg** (14)
J.-C. Grumberg, P. Minyana, N. Renaude – **3 pièces contemporaines** (89)
Guilleragues – **Lettres portugaises** (171)
E.T.A. Hoffmann – **L'homme au sable** (108)
Victor Hugo – **Les châtiments** (13)
Victor Hugo – **Le dernier jour d'un condamné** (46)
Eugène Ionesco – **La cantatrice chauve** (11)
Sébastien Japrisot – **Piège pour Cendrillon** (39)
Alfred Jarry – **Ubu roi** (60)
Thierry Jonquet – **La bête et la belle** (12)
Franz Kafka – **Le procès** (140)
Madame de Lafayette – **La princesse de Clèves** (86)
Jean Lorrain – **Princesses d'ivoire et d'ivresse** (98)
Naguib Mahfouz – **La Belle du Caire** (148)
Marivaux – **Le jeu de l'amour et du hasard** (9)
Roger Martin du Gard – **Le cahier gris** (53)
Guy de Maupassant – **Bel-Ami** (27)
Guy de Maupassant – **Une vie** (26)
Henri Michaux – **La nuit remue** (90)
Patrick Modiano – **Dora Bruder** (144)
Patrick Modiano, Marie Ndiaye, Alain Spiess – **3 nouvelles contemporaines** (174)
Molière – **Dom Juan** (mythe et réécritures) (84)
Molière – **L'école des femmes** (71)
Molière – **Le Misanthrope** (61)
Molière – **Le Tartuffe** (54)
Montaigne – **De l'expérience** (85)
Montesquieu – **Lettres persanes** (lettres choisies) (37)
Alfred de Musset – **On ne badine pas avec l'amour** (77)

Franck Pavloff – **Après moi, Hiroshima** (127)
Marcel Proust – **Combray** (131)
Raymond Queneau – **Les fleurs bleues** (29)
Raymond Queneau – **Loin de Rueil** (40)
Jean Racine – **Andromaque** (70)
Jean Racine – **Bérénice** (72)
Jean Racine – **Britannicus** (20)
Jean Racine – **Phèdre** (25)
Jean Renoir – **La règle du jeu** (15)
Shan Sa – **La joueuse de go** (150)
Nathalie Sarraute – **Pour un oui ou pour un non** (185)
William Shakespeare – **Roméo et Juliette** (78)
Georges Simenon – **La vérité sur Bébé Donge** (23)
Catherine Simon – **Un baiser sans moustache** (81)
Sophocle – **Œdipe roi** (mythe) (62)
Stendhal – **Le rouge et le noir** (24)
Stendhal – **Vanina Vanini, Mina de Vanghel, Les Cenci** (141)
Anton Tchekhov – **La cerisaie** (151)
Émile Verhaeren – **Les villes tentaculaires** (178)
Villiers de l'Isle-Adam – **12 contes cruels** (79)
Voltaire – **Candide** (48)
Francis Walder – **Saint-Germain ou La négociation** (139)
Émile Zola – **La curée** (19)
Émile Zola – **Au Bonheur des Dames** (49)

Lycée – En perspective
Christian Zonza présente **Le baroque** (179)
Alexandre Duquaire présente **Les Lumières** (180)
Estelle Piolet-Ferrux commente **Les planches courbes** d'Yves Bonnefoy (169)
Luc Vigier présente **Le surréalisme** (181)

Pour plus d'informations:
http://www.gallimard.fr
ou
La bibliothèque Gallimard
5, rue Sébastien-Bottin – 75328 Paris cedex 07

Cet ouvrage a été composé
et mis en pages par In Folio à Paris,
achevé d'imprimer
sur les presses de l'imprimerie Hérissey
en septembre 2006.
Imprimé en France.

Dépôt légal : septembre 2006
N° d'imprimeur : 102917
ISBN 2-07-033666-2